私が処刑になる理由は、
確実に……あの女、
オリーネが皇太子に口出ししたからだ。
「っ……！」
今もルイス皇太子の横で座っているが、
私のことを見て嗤っている。

CHARACTERS
ルイス
アサリアの婚約者として皇太子となるが、オリーネと浮気したために——？
オリーネ
聖女でありルイスの浮気相手。回帰する前はアサリアを嵌めて処刑させる。
アサリア
四大公爵家の一つ、スペンサー公爵家の令嬢。皇太子となるルイスと婚約していたが、罠にはまり殺されて回帰したので、悪女となってでも自由に生きることを決意する。

ラウロ
本来であれば聖女オリーネの聖騎士となる予定だったが、アサリアに抜擢されて——！
アレクシス
四大公爵家の一つモーデネス公爵家の嫡男。アサリアのことを気にしているようで——。
レオ
ラウロの弟。
レナ
ラウロの妹。

「私、ラウロはたとえ
アサリア・ジル・スペンサー様の歩むその道に
どんな苦難や逆境が訪れようと、
この命を賭して
あなた様をお護りすることを誓います」
強く自分の心にそう誓って、
アサリアの手の甲に唇を落とした。

脇役の公爵令嬢は回帰し、本物の悪女となり嗤い歩む

shiryu

illust. 姐川

CONTENTS

口絵・本文イラスト／姐川　デザイン／AFTERGLOW

プロローグ

「アサリア・ジル・スペンサーに、斬首刑を執行いたします」

なんで、こんなことになったのかしら……。

私は手首を手錠で繋《つな》がれて罪人のように……いえ、まさしく罪人として、死刑執行への階段を登っていく。

公爵家の娘だからせめてもの情けなのか、見世物のようにされるのではなく、帝国の皇族や四大公爵家だけの前で執行される死刑。

見ている者は何人かいるが、その中に数年前までは私の婚約者だった、ルイス・リノ・アンティラ皇太子がいる。

公爵家の娘として責務を果たすため、皇太子と婚約してあの人のために尽くそうと頑張ったのに、ルイス皇太子は浮気をした。

今、ルイス皇太子の隣にいる、男爵令嬢で聖女となったオリーネ・テル・ディアヌ。

綺麗《きれい》な銀髪で可愛らしい顔立ち、ただ愛想が良くて、聖女に選ばれたから自分が特別だと思っている女。

皇太子なのに男爵令嬢と浮気をして、私はそれを諌《いさ》めようといろいろとしたのに。

ルイス皇太子は何も聞かず、ただ私との婚約を破棄して聖女オリーネと結ばれた。

私は「捨てられた公爵家の娘」として馬鹿にされた。

それだけだったらこうして斬首刑にされることもなかったのに……。

自分で言うのもなんだけど、私はもともと性格がいいほうではない。

だから日頃から使用人や他の令嬢達に疎まれるような行動を取っていた。

特にルイス皇太子に婚約を破棄された後は荒れてしまった。

今思うと、あんな皇太子との婚約なんか破棄されてよかったと思うくらいなのに。

聖女オリーネにも嫌がらせをいろいろとした。

しかしそれは全部幼稚なもので、私の評判を下げるだけだった。

もっと上手く立ち回れれば、こんなことにはならなかったのに。

帝国を支える四大公爵家の一つ、スペンサー公爵家に生まれた私は、炎の魔法を扱えた。

皇太子に婚約破棄されてから、私はその力で南の砦《とりで》を魔獣から守り、帝国に貢献していた。

しかしつい先日、聖女オリーネが南の砦に怪我人を癒しに来た。

治癒魔法は聖女しか使えないので、それはとてもありがたいことだったのだが……。

私が魔獣を倒そうとした時に、なぜか聖女オリーネが私の魔法の範囲内にいたのだ。

すぐさま魔法を操ってオリーネに当たらないようにしたが、避けきれずに足に掠《かす》った。

それを皇室に報告され、今までの私のオリーネへの振る舞いもあって、わざと殺そうとしたと判断された。

お父様だけが私の身の潔白を証明しようとし続けてくれたけど、ダメだった。

私が皇太子に婚約破棄された後に、オリーネに嫌がらせをしてしまったから。

だけど私が処刑される理由は、確実に……あの女、オリーネが皇太子に口出ししたからだ。

「っ……！」

今もルイス皇太子の横に座っているが、私のことを見て嗤《わら》っている。

あの女がわざと、私の魔法の範囲内に入ったんだ。

それをあいつは、私が牢屋《ろうや》にいるときにわざわざ言いに来た。

『あなたが邪魔だから、ルイス皇太子に協力してもらって死刑にしてもらうわ。ルイス皇太子もあなたみたいな元婚約者で邪魔だと思ってたみたいだから……ふふっ、あなたの生首を見るの、楽しみにしてるわ』

今でもあのときの表情、声が頭の中に思い浮かぶ……！

私は処刑台に上がり、跪《ひざまず》かされて、首を台の上に乗せるように身体を押さえられる。

嫌だ、絶対に。

このまま死ねない、あの女に、オリーネに、そしてルイス皇太子に——復讐《ふくしゅう》を。

私はまだ二十歳よ、まだまだ遊び足りない、ルイス皇太子とではなく、普通の恋愛がしたい。

しかし私の燃えるような想いなど切り捨てられるように、無情にも刃は私の首へ。

一瞬の熱くて叫びたくなるほどの痛み。

ああ、痛い……嫌だ、死にたく、ない――。

◇　◇　◇

「アサリア様？」

――……えっ？

なに、ここ……部屋？　それに目の前にいるこの子は、使用人？

さっき処刑台に上がって、首を落とされたはずなのに。

思わず首を触るが、ちゃんと繋がっている……。

「アサリア様？　大丈夫ですか？」

「え、ええ……平気よ」

この使用人は確か、スペンサー公爵家のメイド。

どうやら今、私は社交パーティーに出るような服に着替えている最中のようだ。

だけど私はさっき、処刑台に上がって首を落とされたはず……。

一体どういうこと？

「アサリア様、こちらの服で大丈夫ですか？　今一番流行りのデザインで、アサリア様用に特注で作っていただいたものです」

「……えっ」

メイドの言葉を聞いて鏡を見ると、確かにとても綺麗なドレスを着飾った私がいた。

だけどこのドレスの形とか刺繡《ししゅう》は、確か二年前くらいに流行ったものよね？

それに私の顔とか髪型も、少し幼くなった気がする。

真っ赤な髪は少し短くなって背中の真ん中あたりまで流れている。

私の顔立ちは可愛いよりも綺麗な感じなのだが、まだ少し幼い気がする。

二十歳のはずだけど、顔や髪型、服の流行を見るに二年前の十八歳かしら？

「ねえ、これから出る社交パーティーはなにかしら？」

「えっ？　その、第五十回の建国記念日パーティーですが……」

第五十回の建国記念日……やはり二年前のようね。

本当にどういうことかしら？　なんで二年前に……。

今までのことが全て夢だった？

いいえ、それならまだこれが夢だという方が現実的ね。

だけど感覚的に、夢というには現実的すぎる。

二年前に戻った……回帰したということ？

「アサリア様、その、やはり欠席されますか？」

「えっ？」

「あ、いえ、最近は体調が優れないなどの理由で、社交界に出てらっしゃらないようですので、本日もそうかと思いましたが……！」

メイドが少しビクついた態度でそう言ってきた。

そういえばこの頃はルイス皇太子があの女と浮気をしているのを知って、特に荒れている頃だったかしら。

自暴自棄になってパーティーとかに出てもつまらないから、全然出てなかったはず。

ん？　待って、それなら今回のパーティーは……。

ふふっ、面白くなってきたわね。

「いいえ、今日は出るわ。準備してくれてありがとう、ドレスもとても綺麗だわ」

「は、はい！」

「名前はなんていうのかしら？」

「わ、私ですか？　マイミです！」

「そう、マイミね。ありがとう、あなたのお陰で楽しいパーティーになりそうだわ」

「お、お力になれたのなら光栄です！」

マイミ、あまり見たことがないメイドだけど、新人かしら？

というか私につくメイドって、結構何回も替わっていた気がする。

おそらくやりたくないってメイドが多かったのでしょうね。

まあそれはいいわ、今はこのあとのパーティーが重要。

ふふっ、楽しみだわ。


パーティー会場に入ると、私は一気に注目を浴びる。

四大公爵家の一つ、スペンサー公爵家の一人娘のアサリア・ジル・スペンサー。

どこに行っても注目を浴びるのは当たり前なのだけれど、これほど注目されているのは、私が誰も供をつけずに会場に入ってきたから。

私がルイス皇太子の婚約者というのは社交界にいる人々の全員が知っている。

それでも笑みを絶やさず、余裕綽々《しゃくしゃく》の態度でいた。

するとすぐに私に挨拶をするために、いろんな貴族の娘達が寄ってくる。

「アサリア様、ご機嫌よう。本日もお綺麗ですわ」

「体調を崩されていたとお聞きしましたが、大丈夫でしたか？」

「どうか無理をなさらないでくださいね」

スペンサー公爵家の権力のおこぼれを貰《もら》いたい、中級貴族の娘達ね。

私はこの前にもパーティーとかでまわりに当たり散らしていたけど、それでもご機嫌取りに寄ってくるというのは感心するわ。

「ありがとう。お陰様で体調はもう大丈夫よ」

「えっ、あ、本当によかったですね！」

笑みを浮かべて対応すると、少し驚いたような反応をする。

やっぱりもうすでに私が癇癪《かんしゃく》持ちで我儘《わがまま》という噂《うわさ》は広まっているようね。

これから少しずつ改善していかないと。

そういう噂が、私の処遇を決める際の裁判でマイナスに働いたから。

「あなたのドレス、とても美しいわね。どちらのブティックかしら？」

「あ、ありがとうございます！　こちらのドレスは私の家が経営しているブティックのものでして……」

「あら、そうなのね。今度見に行きたいわ、お店を開けといてくれるかしら？」

「もちろんです！　アサリア様のために貸切にさせていただきます！」

「ふふっ、ありがとう」

この子達はこうやって、私の家の権力やお金のおこぼれを求めてやってくる。

前までは上手くそれを利用出来なかったけど、今は違う。

少しずつエサを与えてあげて、私のいい噂を流してもらおう。

彼女達を利用するようで悪いけど、彼女達もある意味、私のことを利用しているのだから、全く問題はないわね。

取り巻きの中級貴族の子達と話していると、近づいてくる人影があった。

オリーネ・テル・ディアヌ、私を処刑に追い込んだ女だ。

「ご機嫌よう、アサリア様」

「あら、ご機嫌よう、オリーネ嬢」

笑みを浮かべて挨拶をしてくるオリーネ。

本当に顔だけはいいわね、この女。あとは愛想だけ。

他に何の能力もないこの女に、婚約者を取られて、殺された。

『あなたが邪魔だから、ルイス皇太子に協力してもらって死刑にしてもらうわ。ルイス皇太子もあなたみたいな元婚約者は邪魔だと思ってたみたいだから……ふふっ、あなたの生首を見るの、楽しみにしてるわ』

今でもその言葉を言い放った時の、この女の歪《ゆが》んだ笑みを鮮明に思い出せる。

ここが現実なのか夢なのかはまだわからないけど、とてもいい機会だわ。

「なぜあなたがこのパーティー会場にいるのかしら?」

「えっ?」

「建国記念日のパーティーは中級貴族の伯爵家以上が招待される。下級貴族の男爵令嬢であるあなたが招待されるような場所ではないはずだけれど？」

私の言葉に少し引き攣《つ》った笑いを浮かべるオリーネ。

私の取り巻きにいるのは全員、伯爵家か侯爵家の娘。

子爵と男爵の家格では招待されるはずもない、だからここにいるのは絶対におかしいのだ。

もちろんこの女は、不法侵入をしてきたわけではない。

「ある優しい殿方に招待されましたので……」

「それは誰かしら？　この高貴なパーティーに男爵家の令嬢を招待出来るのなんて、よほど位が高い殿方なのでしょうね」

「それは……」

この女を招待した殿方というのはルイス皇太子だ。

皇族のルイス皇太子が招待したというのならば、もちろんこのパーティー会場にいても問題はない。

ただルイス皇太子が私の婚約者というのは有名な話。

まだルイス皇太子は私との婚約を破棄していない。

それなのに私の前で、この会場でルイス皇太子に招待されたなんて、言えるわけがない。

言ったとしたら……。

「ルイス・リノ・アンティラ皇太子に招待されました」

「……」

まさか言うとは思わなかったわね。

しかも自信満々に、胸を張って。

この子、こんな馬鹿だったかしら？

だけど好都合ね。

「ルイス皇太子に？」

「はい、ルイス皇太子は招待してくださいました。皇太子に招待されたのならば、問題はないはずですよね」

「そうね、だけどそれはルイス皇太子が私の婚約者だと知っての狼藉《ろうぜき》かしら？」

「ろ、狼藉ですか？」

「ええ」

私は笑みを浮かべたまま、一歩ずつゆっくりとオリーネに近づく。

「私の婚約者であるルイス皇太子の招待を受けるということは、スペンサー公爵家の私に喧嘩《けんか》を売っているということよね？」

「そ、そうではありません！　ただ私は皇太子から招待されただけで……！」

「あなたはルイス皇太子に個人的に招待されたのよね？　皇族からではなく、ルイス皇太子に直接招待されたのであれば、婚約者の私も黙ってはいられないわ。私が舐《な》められては、公爵家の沽券《こけん》にかかわるもの」

「そ、そんなつもりは……！」

「そんなつもりはないと言っても、実際にあなたはそういうことをしたのよ」

青ざめていくオリーネの顔がとても愉快ね。

「公爵家に喧嘩を売るということは、どういうことかわかるわね？　男爵家を潰すのなんて……ふふ、とても簡単なことだわ」

オリーネの首元に手を添えるように置く。

ビクッとするオリーネの反応が、とても面白いわね。

「そ、それだけは、どうか……」

「あら、そう？　なら決闘とかはどうかしら？　一対一でいいわよ、私とあなたの。聖女に選ばれたのだから、大丈夫よね？」

「い、いえ、それは……」

聖女が強い魔法を使えるというのは有名だが、それは治癒魔法だけ。

戦いに役立つ魔法など一つも使えない。

対して私は帝国を支える四大公爵のスペンサー公爵家、炎の魔法を扱える。

決闘をしたら、一方的なものになるでしょうね。

「さあ、どちらがいいかしら？　もちろん、決闘だからといって殺しはしないわ。ただ私、まだ未熟だから魔法を上手く操作出来なくて、不慮の事故を起こしてしまうかもだけれど」

実際に二年前の私は炎の魔法をほとんど使ったことがないから、上手く扱えない可能性が高い。

だけど治癒魔法しか使えない小娘を殺すには十分な火力だろう。

「ど、どうか、お許しくださいい……！」

涙目で許しを請うオリーネ。

ああ、こんな顔を見たのは初めてね。

前はいつも私が下手に当たり散らしていて、上手く立ち回れていなかった。

だけど冷静に考えて、私とオリーネだと権力も立場も、全部私の方が上。

こんな女に殺されたのが本当に馬鹿みたい。

「ふふっ、私は寛大な心を持っているから、ここで謝罪をすれば許してあげるわ」

「し、謝罪……？」

「ええ、誠心誠意を込めて、私に謝罪を。どうすればいいかわかるわよね？」

オリーネの耳元でそう囁《ささや》いて、一歩だけ後ろに下がる。

オリーネは青ざめた顔で身体を震わせながら、周囲を少し確認する。

周りには私の取り巻き以外にも、いろんな貴族の方々がこちらを注目している。

「ほら、早くしてちょうだい。公爵家への侮辱行為として、動いてもいいのだけれど」

「っ……！」

オリーネは身体を震わせながら、その場に両膝をついた。

両手を床に置いて、そして――。

「そこで何をしている⁉」

この場にそんな声が響き、オリーネがさっきまでとは打って変わって嬉《うれ》しそうな顔で声のした方向を見る。

「ルイス皇太子……！」

オリーネが男に媚《こ》びるような高い声でその名を呼んだ。

金色のサラサラとした髪を靡《なび》かせ、スラッとしたスタイルで誰しもがカッコいいと思う男。

それが帝国の第一皇子にして皇位の第一継承者のルイス皇太子だ。

はぁ、とてもいいところだったのに。

まあいいわ、これでも鬱憤は結構晴れたし、まだやり返すチャンスはあるでしょう。

それより今は……。

「あら、ルイス皇太子、ご機嫌よう」

私はルイス皇太子に何事もなかったかのように、笑みを浮かべて挨拶をした。

「またお前か、アサリア。久しぶりに顔を出したかと思えば、また問題を起こしたのか」

ルイス皇太子は挨拶を返すこともなく、私に侮蔑の目を向けてきた。

そして跪いていたオリーネの側に立ち、彼女の手を取って立ち上がらせる。

「大丈夫だったか、オリーネ」

「はい、私は大丈夫です、ルイス皇太子……」

私のことを無視するように、二人は見つめ合う。

死ぬ前に何度も見た光景ね、もう飽き飽きだわ。

「ルイス皇太子、私は問題なんか起こしてませんわ」

「じゃあなんだ今の騒ぎは。オリーネがなぜお前の前で膝をついていたのだ」

「オリーネ嬢が公爵家に対して無礼なことをしたから、彼女が自ら膝をついて謝ろうとしただけです。強制したわけじゃありません。そうですよね、オリーネ嬢？」

「っ……は、はい、そうです」

オリーネは少し青ざめた顔で頷《うなず》いた。

「なぜオリーネがアサリアに謝るようなことが起こったんだ」

「ルイス皇太子の愚行のせいでもありますわね」

「なんだと？」

「ルイス皇太子が私という婚約者がいるのにもかかわらず、オリーネ嬢を個人的にこのパーティーに招待したからです」

私のことを睨《にら》んでくるルイス皇太子。

顔だけはいいのよね、この男も。

　まあもうこの顔も見ているだけで少し苛つくようになってしまったけど。

「オリーネ嬢も可哀想。皇太子からの招待がなければ、スペンサー公爵家を侮辱することもなかったでしょう」

「そんな理由でオリーネにあんなことをさせようとしたのか」

「スペンサー公爵家を侮辱する行為に対して謝罪だけで許すと言ったのです。むしろ寛大では？」

「おこがましいにも程があるぞ、アサリア」

「公爵家の者としての毅然《きぜん》とした態度です」

　私は笑みを浮かべたまま、ルイス皇太子に対して一歩も引かない。

　おかしいのはあちらで、私は当然のことを言っているだけだ。

「それとルイス皇太子、そろそろオリーネ嬢を離しては？　婚約者がいる身で他の女性と触れ合うなど、とてもはしたない行為ですよ」

　パーティー会場のこんなに人目がある中で、よく婚約者がいるのにオリーネとくっついていられるわね。

「オリーネ嬢、あなたも離れては？　その方はスペンサー公爵家の私の婚約者よ？」

　笑みを浮かべながらオリーネにそう言うと、彼女はビクッとして離れようとした。

　しかしルイス皇太子が、オリーネの腰に手を回し抱きしめた。

「オリーネ、あんな女の戯言に耳を貸すな。私がついている」

「ルイス皇太子……！」

あらあら、また二人で見つめ合っちゃって。

あの人達にとって私は脇役で、自分達の愛を深めるための道具ってところかしら。

確かに死ぬ前、回帰する前はそんな立ち回りをずっとしていた。

だけどもう私はそんな脇役にはならないわ。

「ルイス皇太子は私という婚約者がいるのに、オリーネ嬢を選ぶというわけですね」

「君は問題を起こしすぎている。公爵家の令嬢だとしても目に余るぞ」

「ふふっ、そうですか。では、私との婚約を破棄しますか？」

「なに……？」

まさか私の方からその話が出るとは思わなかったのか、ルイス皇太子は驚いていた。

ルイス皇太子は私のことを嫌っているようなので、婚約破棄をしたいという話はこの頃にはすでに出ていた。

ルイス皇太子からしたら、婚約破棄したかったから嬉しい、と思うのかもしれない。

だけど……。

「ああ、だけど私との婚約を破棄したら、皇太子と呼ばれることはもうなくなりますね」

「なんだと？」

「あら、知りませんでした？　四大公爵家であるスペンサー家の私と婚約をしたから、ルイス皇太子は皇位第一継承者の皇太子になったのですよ?」

「なっ、そんな馬鹿な……!」

「嘘《うそ》ではありませんわ。私との婚約を破棄したら、皇太子ではなくなります」

これは全部、本当のことだ。

四大公爵家で結婚することが出来る令嬢は私だけ。他の公爵家の令嬢はもうすでに他の殿方と婚約をしている。

だから私との婚約を破棄して、違う公爵令嬢と婚約しようとしても出来ない。

回帰する前になぜルイス皇太子が、私との婚約を破棄しても皇位第一継承者のままでいられたか。

私はルイス皇太子が別に好きではなかったけど、捨てられたくないとみっともない行動を繰り返した。

その愚行が皇室や他の貴族に広まり、私の評判は落ちていった。

だから婚約破棄をされて当然だ、と皇室が判断してしまい、四大公爵家の令嬢との婚約を破棄しても皇位第一継承者の皇太子のままだった。

さらに男爵令嬢のオリーネと婚約をしても、彼女は数少ない聖女として有名だったから、問題はなかった。

しかし今、私は特に大きな問題を起こしておらず、オリーネは聖女としてまだ何もしていない。

このまま私との婚約を破棄したら、ルイス皇太子は皇位第一継承者ではなくなる。

「私はどちらでも構いませんよ、ルイス皇太子。あなたがこのままオリーネ嬢を選ぶのであれば……ふふっ、どうしますか？」

「くっ……」

「ル、ルイス皇太子……」

ルイス皇太子は第一皇子だが、第二皇子や第三皇子はとても優秀な方々だ。

スペンサー公爵家の力なしに、ルイス皇太子が皇位第一継承者になれることはないだろう。

顔を歪めて、とても迷っているルイス皇太子。

オリーネが不安そうに彼を見上げているが……。

「すまない、オリーネ……」

「あっ……」

ルイス皇太子は彼女を離し、距離を取った。

あはっ、やっぱりそんなものよね、ルイス皇太子がオリーネを想っている気持ちなんて。

悲しそうに顔を歪めたオリーネは、キッと私を睨んでくる。

「アサリア様、公爵家の権力を盾に取って、ルイス皇太子を脅すことは令嬢としてどうなのでしょうか。私は殿方をそのようにして脅したり行動を縛ったりすることはしません」

あら、まだ反抗的な態度を取れるのね、この女。

自分が私よりも優しくていい女、だと言いたいのかしら？

だけど、笑えるわね。

「オリーネ嬢、あなたは勘違いしてるわ。『しません』じゃなくて、『出来ない』というのよ？　あなたには権力も何もないんだから」

「っ……たとえ権力を持っていたとしても、そんなことはしません」

……はっ？

この女は何を言ってるのかしら。

二年後、ルイス皇太子の婚約者となったオリーネは、その権力を使って私を処刑に追い込んだというのに。

もちろん今のオリーネには関係ないが、私からすればどの口が言っているんだという話だ。

「ふふっ、大丈夫よ、オリーネ嬢。あなたがそんな権力を持つことは永遠にないから、そんなことを考える必要はないわ」

「っ……」

そう、もう持つことはない。

私がそれを許さないから。

「それでオリーネ嬢。あなたはいつまでこの会場にいるのかしら？」

「えっ？」

「ルイス皇太子、私の婚約者のあなたは、オリーネ嬢をここに招待したのかしら？」

私が笑顔でそう問いかけると、ルイス皇太子は目を伏せた。

「ほら、オリーネ嬢。誰も男爵令嬢のあなたをこの会場に招待してないわ」

「そ、そんな……！」

「お帰りはあちらよ、お気をつけて」

オリーネは最後まで私を睨みながら、この会場を去っていった。

はぁ、まあまあスッキリしたわね。

そうこうしていたら、会場に曲が流れ始める。

ダンスの曲のようだけど……もう疲れたから帰ろうかしら。

踊るとしたらルイス皇太子とだし、彼と踊る気にはならないわね。

「アサリア、踊らないのか。せっかく君を選んでやったというのに」

はっ？　なんでこの人、上から目線なの？

さっきの出来事で「選んでやった」と言えるルイス皇太子の神経はすごいわね。

「申し訳ないですが、他の女性と触れ合ったルイス皇太子と踊る気はありませんので」

「なっ⁉　アサリア！　君はどこまで失礼な態度を取るのだ⁉」

「婚約者がいるのに他の女性をパーティーに招待する皇太子には言われたくありませんね」

「なんだと……！　アサリア、いい加減にしろ！」

ルイス皇太子は私の手首を乱暴に摑《つか》み、私の正面に立った。

「……離してください、ルイス皇太子」

「君が無礼な行動を取るからだ。舐めるのも大概にしろ」

「忠告です、ルイス皇太子。痛い目を見たくないのなら、離しなさい」

「痛い目だと？　君に何が出来るというのだ」

全く離す気もない、女である私をか弱いものだと決めつけ、力で優っていることで優越感に浸って見下すような顔をしている。

だけど、いつまで私を弱い存在だと勘違いしているのだろうか。

「忠告はしました」

魔法を発動し、自分の身体の周りに炎を発動させた。

「なっ⁉」

私の周りに炎が出たことで驚いたルイス皇太子。

彼が掴んでいる私の手首の周りにも小さな炎を出して、彼の手の表面を焼いた。

「いっ、あぁぁ⁉」

ルイス皇太子は手首を離し、無様な悲鳴を上げながら後退した。

周りに炎の球体を浮かべて、私はルイス皇太子を睨む。

「私は帝国を支える四大公爵の一つ、スペンサー公爵家のアサリア・ジル・スペンサー。私を力で従わせようとするなど、無謀なことは考えないでください」

周りにはいろんな貴族の方々がいるが、私の炎を見ての反応は様々だ。

「あれが四大公爵で最も強いとされる、スペンサー公爵家の力か……！」

「魔獣を一撃で仕留めると言われているが、凄まじいな」

「アサリア様は十八歳であそこまでの力を持っているのか⁉」

スペンサー公爵家の力は有名だし、それを完全に操れていることがわかるからか、恐怖で悲鳴を上げるような者はいない。

しかし私もここまでしっかり操れるとは思わなかった。

確かに二年後の回帰する直前は魔獣と戦うことが多かったから、この程度は魔法を操れるようになっていた。

だけど二年前の十八歳の頃は皇室に嫁ぐ予定だったので、魔法の練習はさほどしていなかった。

回帰する前の魔法の力があるようだから、それはよかったわ。

「ルイス皇太子、私は帰りますわ。婚約の話、いろいろと考えさせてもらいますね」

「ま、待て、アサリア！」

ルイス皇太子が痛みを我慢して叫ぶ声を聞きながら、私はパーティー会場を去った。

オリーネが私を処刑まで追い込んだ時の嗤った顔は今も忘れない。

もうあんなふうに私を嘲笑う顔をさせるつもりはないわ。

むしろ私がああやって嗤って、悪女のようにあの二人を陥れてやりたい。

だけど回帰した今、復讐してやるのもいいけど、ちゃんと人生を楽しまないとね。

前はルイス皇太子に婚約破棄されたのがショックで、自暴自棄になっていたから。

もっと遊びたいし、ルイス皇太子には全く恋愛の感情を持ってなかったけど、今度はちゃんと恋もしたいわ。

もう婚約破棄をされたところで痛くも痒《かゆ》くもないし、むしろいつこちらから婚約破棄をしてやろうかと企んでいるくらいね。

回帰した今、私は自分の生きたいように生きる。

聖女であるオリーネを、悪女のように陥れる。

ロマンス小説とかでは悪女は脇役で、悪者になるのかもしれないけど。

悪女上等、たとえ本物の悪女となろうと、私は嗤いながら生き抜いてやるわ。

第1章　現状確認と復讐《ふくしゅう》へ

「はぁ、気持ちいいわ……」

私は浴槽に入り、メイド四人にマッサージをされながら呟《つぶや》いた。

「お気に召していただいたようで光栄です」

頭を揉《も》んでくれているメイドのマイミが、穏やかな声でそう言った。

一人用の浴槽に入り、頭、右腕と左腕、両足を四人がかりでマッサージしてもらっている。

極楽すぎて、本当にいい気分ね。

昨日の建国記念日パーティーの疲れがもうどっかいったわ。

「最高ね、一日中頼みたいくらいだわ」

「そんな長い時間していたら、アサリア様がお湯に溶けてしまいそうですね」

「そうね、今でも溶けてなくなりそう」

マイミが私と会話しているのを聞いて、他のメイドは少し緊張している様子だ。

この子達は回帰する前の私が、ワガママを言って困らせてしまったメイド達ね。

マイミが私と気軽に話しているから、いつ怒られるのではとビクビクしているようだ。

「あなた達もありがとう。とても気持ちいいわ」

「そ、それはよかったです」

「あとで特別給金として宝石をあげるわ。ネックレスかブローチか指輪か、今のうちにどれがいいか考えておいて」

「えっ、そ、そんな、このくらいはメイドとして当然のことですから」

「私があげたいのよ。とりあえず、あと十分はマッサージをお願いね」

「は、はい！」

戸惑いながらもより一層気合を入れてマッサージをしてくれる。

本当に一生していてもらいたいくらいね。

「アサリア様、私はネックレスがいいです！」

「ふふっ、そう。わかったわ」

マイミくらい気軽に話してもいいのにね。

だけどこの頃の私はルイス皇太子がオリーネと浮気をしているのを知って、結構荒れていた時期だったはず。

少しずつメイド達とも仲良くなって、悪い噂《うわさ》を消していこう。

気持ちがいいマッサージを受けながら、私は目を瞑《つぶ》って考える。

昨日の建国記念日パーティーから、丸一日。

どうやらこれは本当に、夢じゃないようだ。

この後の私は、ルイス皇太子に婚約破棄をされて、二年後に聖女オリーネに嵌《は》められて処刑されたはず。

しかし気が付いたら二年前に回帰し、やり直すことが出来ている。

昨日はとてもちょうどいい機会で、あの二人をギャフンと言わせることが出来た。

だが、まだまだ足りない。

浮気をされて婚約破棄をされたという屈辱、帝国に貢献していたのに嵌められて殺された苦痛。

それらの復讐をしてやらないと、腹の虫が治まらない。

どうやって仕返しをしていこうか、これからゆっくり考えていかないと。

ただ殺すだけだったら、オリーネは比較的簡単だ。

私は四大公爵のスペンサー家、対してあちらは下級貴族の男爵令嬢。

回帰する前にあちらが皇室の権力を使ったように、今のうちにオリーネに私からイチャモンをつければ、公爵家の権力で簡単に処刑まで持っていけるだろう。

だが、それだけじゃつまらない。

もっと何か屈辱的なことを与えたいわね。

あとはルイス皇太子、あの人に屈辱を与えるのは結構めんどくさい。

さすがに皇族を相手に権力で何かしようとしても無理だ。

何か方法を考えないと。

とりあえず、婚約はこちらから破棄しよう。

建国記念日パーティーでも言ったように、ルイス皇太子が皇位第一継承者なのは四大公爵家の私と婚約をしているから。

今回は私が下手な行動をしなければ、ルイス皇太子は私との婚約を破棄すると皇位第一継承者の立場を失うことになる。

それは絶対に避けたいはずだ。

だからこそ、私はこの立場を利用しないといけない。

だけど本当に……私はやり直すチャンスが貰《もら》えたのね。

一日経って、ようやく実感が出てきた。

回帰する前は自分の人生を全然、歩めていなかった気がする。

親に決められた相手と婚約をして、皇太子妃になるための勉強をして。

無様にフラれたくないから必死になって、それが空回りして婚約破棄をされて。

それからは公爵家の責務を果たすためにがむしゃらに訓練をして、なのに最後には嵌められて殺された。

こう思い返すと、楽しい思い出があまりないわね。

回帰したのだから、今度こそ楽しく、思うままに。

——自分の人生を、自由に生きたい。

「アサリア様、十分ほど経ちましたが、まだ続けますか？」

「あら、もうそんな経ったかしら？　ありがとう、もう上がるわ」

浴槽から出て、髪の毛や身体を拭いてもらう。

回帰する前は全く余裕がなかったから、こうしてメイドからマッサージを受けたりすることはなかった。

やっぱり心の余裕ってとても大事ね。

復讐するのも大事だけど、人生を楽しまないと。

「アサリア様の髪はとても綺麗《きれい》ですね」

「そう？　ありがとう。こうしてあなた達に手入れをしてもらってるからね」

「もっと綺麗になるように頑張りますね」

「それは楽しみだわ」

鏡の前に座り、マイミが私の赤い髪を手入れしてくれる。

スペンサー公爵家は炎の魔法を操るからか、炎を彷彿《ほうふつ》とさせる赤い髪が遺伝することが多い。

顔立ちは綺麗な方だと思うけど、目尻が上がっててキツい印象を与えるかしら。

だから使用人達に少し恐れられているというのもあるかも。

「マイミ、お父様は今執務室にいるかしら？」

「ご当主様ですか？　おそらくいらっしゃると思います」

「そう、じゃあお父様に会いに行きましょうか」

身支度を終えて、お父様に会いに執務室へ向かった。


執務室の大きな扉を執事に開けてもらい中に入る。

室内はとても広く、いろんな書類や本が机の上に積み重なっていて、その周りに何人かの家令や騎士がいた。

そして机に向かって仕事をしているのが、私のお父様。

四大公爵家のスペンサー公爵家当主、リエロ・ルカ・スペンサー。

赤くて短い髪をオールバックにしていて、顔立ちはとても凛々《りり》しく四十歳を超えているが、まだ二十代といってても通用するくらいだ。

体格はそこまでいいわけじゃないけど、とても威厳がある。

「お父様、アサリアです。お時間よろしいでしょうか?」

私が声をかけると、お父様が破顔して私に近寄ってくる。

「おお、アサリア。私の愛娘よ、もちろんだ。さあ、ソファに座ってくれ」

さっきまではスペンサー公爵家当主として、真面目に仕事をしていたが、私の顔を見てからはふんわりとした雰囲気になった。

私がソファに座り、対面にお父様も座ってお茶を飲む。

「アサリアがこんな時間に訪れるとは珍しいな」

「ご迷惑でしたか？」

「そんなことはないさ。アサリアならいつだって大歓迎だ」

お父様はとても優しくそう言ってくれた。

回帰する前、私が処刑されるまで、「四大公爵家なのに恥知らずだ」と言われるほど激しく抗議をしてくれたお父様。

私はルイス皇太子に婚約破棄されたショックなどで、お父様の愛に気付くのが遅かった。

回帰した今、お父様としっかり交流を持ちたいというのも、私がしたいことだ。

「最近お父様とお会い出来てなかったので、私の方から会いに来ました」

「そうか、私も会いたかったよ。仕事は適当に片付けるから、夕食は一緒に食べよう」

「はい、嬉《うれ》しいです」

お父様の後ろで家令の方々が頭を抱えているようだが、気のせいだろう。

「それと、もう一つ大事なお話がありまして」

「なんだい？」

「私、皇太子との婚約破棄をしようと思います」

お父様は目を見開いて驚いた。

少し厳しい目になったお父様は問いかけてくる。

「婚約破棄？　それは本気かい？」

「はい、もちろんです」

「ふむ、それは第一皇子のルイス皇太子が、男爵令嬢と浮気をしたからか？」

あっ、お父様も知ってたのね。

まあ昨日のパーティーであれだけ派手に振る舞えば、パーティーに出てなくても中級貴族以上にはもう広まっているだろう。

「ルイス皇太子の浮気が嫌なのであれば――消すことも出来るぞ？」

お父様は雰囲気が一気に鋭くなり、少し低い声でそう聞いてきた。

それはつまり、あの女、男爵令嬢ごときなら公爵家の力で消せる、ということだろう。

今なら聖女としてまだ何かしたわけじゃないし有名でもないから、本当に簡単に消せるだろう。

それこそ、あの女の家ごと。

「いいえ、それは大丈夫です。理由としてはそうですね、ルイス皇太子と結婚したところで私が幸せになれる未来が全く見えないからです」

「ふむ、そうか……」

お父様は顎に手を当てて、目を瞑り悩んでいるようだ。

本当ならこのまま私がルイス皇太子と結婚して皇妃になった方が、スペンサー公爵家としては波風立たなくていいに決まっている。

下手にこちらから婚約破棄をすれば、公爵家といっても名が落ちてしまう。

だけど、あの男と絶対に結婚などしたくはない。

「もちろんスペンサー公爵家には迷惑がかからないよう、婚約破棄をこちらからしても悪い噂が立たないようにします」

「ん？　別にそれは構わないよ、アサリア」

「えっ？　いいのですか？」

「ああ、もちろん。むしろ謝るのはこちらだ。公爵家としての責務を果たすため、アサリアにはあのアホ第一皇子と婚約をさせることになってしまった」

アホ第一皇子って……そんなこと言ってもいいのかしら？

まあここはスペンサー公爵家の屋敷だし、特に問題はないわね。

皇太子に選ばれたのが私と婚約したお陰だというのを知らずに、能力もないのに威張っているだけのアホだものね。

「いえ、それが公爵家に生まれた者の責務ですから。ただこれからは、スペンサー公爵家の本来の役割、帝国の守護者として責務を全うしたいと思います」

「……本当は砦《とりで》で魔獣を倒すという危ないことをアサリアにはさせたくないから、第一皇子と婚約させたのだが。それがアサリアを困らせてしまっていたな」

「いえ、その気持ちはとても嬉しいです、お父様。ありがとうございます」

私がそう言うと、お父様は優しく微笑んでくれた。

「すまなかった、アサリア。これからは皇妃になるための勉強はせずに済むが、魔法の訓練なども始めないといけないから少し大変になるぞ」

「はい、よろしくお願いします」

すでに回帰する前に約二年間やっているから、それは問題ない。

「ルイス皇太子との婚約の破棄はどうする？　私の方から皇室に言いに行こうか？」

「あ、いえ、それは大丈夫です。私の方で婚約破棄するにあたって、ルイス皇太子にいろいろとやりたいことがあるので」

「……ふふっ、そうか。それなら任せたよ、アサリア。好きなようにやりなさい」

「はい、もちろんです」

お父様は私のやりたいことがわかったのか、一緒に不敵に笑い合った。

やはり私とお父様の顔立ちは笑うと、少し悪人ヅラっぽくなるわね。

◇　◇　◇

ルイス・リノ・アンティラ皇太子は、皇宮の自室にオリーネを呼んで治療を受けていた。

「くっ……！」

「ルイス皇太子、大丈夫ですか？」

アサリア・ジル・スペンサーにやられた手の傷を、聖女であるオリーネに治してもらう。

しかしオリーネの治癒魔法では一回だけでは治せず、何回も治癒魔法を使っていた。

オリーネが未熟というのもあるが、それだけアサリアが焼いた皮膚に魔力が込められていて、治癒魔法を阻害しているのだろう。

「アサリアのやつ、皇太子の私になんてことを……」

「私がパーティーを抜けた後、そんな酷いことをしていらしたんですね」

「ああ、あんな乱暴な女だったとは。私にこんなことをしたその報いは、絶対に受けさせてやる！」

憎しみの混じった声でそう言いながら、二人はソファに座って身体を寄せ合っていた。

しかしいつもよりも距離が離れているのは、昨日のパーティーでルイス皇太子がオリーネに対して冷たい行動を取ったからだろうか。

「ルイス皇太子、その、アサリア様が昨日言っていたことは、本当なのでしょうか？　アサリア様との婚約を破棄したら、ルイス皇太子が皇位第一継承者ではなくなるというのは……」

「あんなのアサリアの出任せに決まっている。私は第一皇子だ、第一皇子が次期皇帝になるのは当然のこと。公爵家の娘と婚約せずとも、私は皇太子だ」

「そう、ですよね。ルイス皇太子は優秀ですし、大丈夫だと思います」

「ああ、ありがとう。それに私には聖女の君がいるからな」

「ふふっ、ありがとうございます」

二人はそう言って笑い合ったが、どこかいつもより雰囲気が悪かった。

まだ完璧には治ってないルイス皇太子の右手に包帯を巻き、二人でお茶をしていると、部屋にノックが響いて執事が入ってきた。

「なんだ？」

「皇太子殿下、失礼します。謁見室で、皇帝陛下がお呼びです」

「っ、陛下が？」

自分の邪魔をされるのが嫌いな皇太子だが、皇帝陛下が呼んでいるというなら行くしかない。

「オリーネ、すまない。私は陛下に呼ばれたようだから行かないと。見送りは出来なそうだ」

「大丈夫です、ルイス皇太子。お怪我が早く治るように祈っております」

「ああ、ありがとう」

そして二人は別れ、ルイス皇太子執事に連れられて謁見室の扉の前まで来た。

「皇帝陛下。ルイス皇太子殿下がお見えです」

「……入れ」

中から低い声が響いてきて、執事が扉を開けてルイス皇太子が一人で謁見室へと入る。

とても豪華で厳かな内装で、赤い絨毯《じゅうたん》が真っ直ぐに敷かれており、二段ほど上がったところにある玉座に、皇帝陛下が座っていた。

「陛下、お呼びでしょうか」

ルイス皇太子がそう問いかけると、皇帝陛下は玉座から立ち上がって睨《にら》む。

「余がなぜそなたを呼んだのか、わからぬか」

「……昨日の建国記念日パーティーのことでしょうか」

「そうだ」

謁見室に呼ばれることなどルイス皇太子でもそうそうないので、すぐにわかった。

皇帝陛下は昨日の事件を聞いて、息子で皇太子でもある自分を気遣って呼んでくれたのだと、ルイス皇太子は思った。

「陛下、昨日のことですが、私は婚約者のスペンサー公爵令嬢に酷い傷を負わされました」

「それはそなたがスペンサー公爵令嬢に対して、無礼なことをしたからだろう」

「えっ……」

まさか皇帝陛下にもそんなことを言われるとは思わず、気の抜けた返事をしてしまった。

「そなたは何も考えずに男爵令嬢を招待するという愚行を犯して、しかも婚約者の公爵令嬢を放って男爵令嬢の相手をしていたようだな」

「……確かに私はディアヌ男爵令嬢、聖女オリーネを招待しました。しかしスペンサー公爵令嬢からあのような暴力を受けるようなことをした覚えはありません」

「余が何も知らないと思っているのか？　そなたが直前に公爵令嬢の腕を無理やり掴《つか》んだ、というのは耳に入っているぞ」

「っ……」

そこまで言われて、何も言い返せなくなるルイス皇太子。

「令嬢の腕を掴むなど、皇太子としてあってはならないこと。しかもそれが公爵令嬢とあれば、問題になるのは当然だろう」

「しかしスペンサー公爵令嬢は、私に対してとても礼儀を欠いた行動を……」

「最初に礼儀を欠いた行動をしたのはそなただろう！」

ルイス皇太子の言葉を遮って、皇帝陛下は怒りの声を上げた。

「婚約者であるスペンサー公爵令嬢は、そなたが侮辱していい相手ではない。少しは考えて行動するのだ」

「しかし陛下、我々は皇族です。なぜ皇族の私が、公爵家の令嬢の顔色を窺《うかが》わないといけないのでしょうか」

「……はぁ、どうやらそなたに物事を教えた教育係を解雇しなければならぬな」

もう怒りも消えて呆《あき》れ始めた皇帝陛下は、玉座に座って頭に手を当てながら話す。

「皇族の血を引くことがスペンサー公爵家を、四大公爵家を下に見ていい、という理由になるとでも思っているのか？」

帝国の皇族で、一番の人間が皇帝陛下、その次は皇太子である自分だ、と思っていたルイス皇太子。

確かに立場上はそうなのかもしれないが、その立場を維持出来ているのは帝国が建国されて以来ずっと平和だからだ。

「我が帝国の礎を築き、今もなお帝国のために魔獣と戦い続け、平和を保っているのは四大公爵家のお陰。その一つであり最強と名高いスペンサー公爵家を侮辱するなど、もってのほかだ！」

「っ……ですが皇族が彼らの上であることは確かでは」

「立場上は上だが、彼らがいなければ皇室などガラクタも同然。魔獣に攻められて殺されれば、平民の血も皇族の血もただ地面を赤く濡《ぬ》らすのみだ。彼らがいるお陰で皇室は帝国を治め、平和を保てているのだ」

まだルイス皇太子は言いたいことがあったが、これ以上何か言っても皇帝陛下の怒りを買うだけだと思い黙った。

「ここまでそなたが愚かだったとは……他の皇子だったらこうはならんのだがな。そなたが皇太子でいいのか不安になってくるが、スペンサー公爵令嬢と婚約しているうちは、変わることはないだろう」

「はっ……？　ど、どういうことでしょうか？」

信じられない言葉が聞こえて、思わず聞き返してしまったルイス皇太子。

しかし無情にも、皇帝陛下は彼にとって最悪の言葉を突き付ける。

「そなたを皇太子にしたのは、スペンサー公爵家の息女とそなたが婚約をしたからだ。スペンサー公爵家は一番危険な南の砦を守っており、そこで息女を戦わせたくないとのことで、余もそれを受けた」

「まさか、そんな……私が第一皇子だから、皇太子になったのでは……」

「第一皇子だからといって無条件で皇位第一継承者になれるわけがないだろう。普通ならば皇子の才能や能力を見極めて皇太子を決めるところを、スペンサー公爵家の息女と婚約したからそなたを皇太子にしたのだ」

「っ……」

嘘《うそ》では、なかった。

アサリア・ジル・スペンサーが昨日のパーティーで言ったことは、全部本当だった。

『あら、知りませんでした？　四大公爵家であるスペンサー家の私と婚約をしたから、ルイス皇太子は皇位第一継承者の皇太子になったのですよ？』

『私との婚約を破棄したら、皇太子ではなくなります』

自分はアサリアとの婚約を破棄すると、皇太子ではなくなる。

そのことがルイス皇太子の気分を一気にどん底に落とした。

「将来、そなたの妻となり皇妃となるのはスペンサー公爵令嬢。そなたが大事にしないとならないのは聖女でも男爵令嬢でもない」

どうやらオリーネとの関係もすでに知られているようで、そう釘《くぎ》を刺された。

「男爵令嬢との関係を止《や》めろと言ってはいない。ただ自分の選択には、責任を持つことになる」

つまりオリーネと関係を持ってもいいが、その場合は皇太子ではなくなるということだ。

「もう下がってよい」

「……はっ」

顔を青くし、意気消沈しながらルイス皇太子は謁見室を出た。

自室に戻り、ソファに座ったのだが……。

「っ、クソっ！」

苛つきが治まらず、目の前にあるコップを薙《な》ぎ払う。

中に入っていた飲み物が床にこぼれ、コップが割れる。

「なぜ私が、アサリアのご機嫌を窺わないといけないんだ」

パーティーの前まではずっと「皇太子として責任を持ってください、他の女性にうつつを抜かすなど無責任です」と、うるさく言ってきたアサリア。

皇太子の責任などと言っていたが、どうせ自分の気を引きたいだけ、皇太子の婚約者という立場を失いたくないだけだろう、と思っていた。

ルイス皇太子はもともとアサリアのことは好きではなかった。容姿は整っているが好みではないし、性格も鬱陶しくて婚約者としても女性としても嫌だった。

その点、オリーネは容姿が自分の好みで、性格もお淑やかで愛らしかった。

だからアサリアを蔑ろにし、今まで何も問題はなかったのでそのままにしてきた。

しかし昨日のパーティーでは、いきなり人が変わったかのような態度を見せた。

自分との婚約を破棄してもいいと言ってきて、婚約破棄したら困るのはルイス皇太子の方だと自信満々に言ってきた。

それを嘘だと思いたかったが、皇帝陛下が言ったからには、本当なのだ。

「くそ、私はどうすれば！　とにかく、皇太子じゃなくなるのはダメだ……」

自分は皇室の第一皇子、上に立つ存在だ。

それなのに弟である第二皇子や第三皇子に上に立たれるのは、我慢ならない。

だが皇太子でいるには、アサリアの機嫌を窺って彼女を尊重しないといけないのだ。

皇太子であり、上に立つ存在のはずの自分が。

「くそ……！」

右手のアサリアに付けられた傷がズキッと痛む。

アサリアの悪女のような笑みが頭の中に思い浮かび、また苛立つルイス皇太子だった。

◇　◇　◇

建国記念日パーティーがあった数日後、私はある侯爵家が開催したお茶会に来ていた。

連日届くお茶会の招待状、公爵家の令嬢としていくつかは出た方がいいと思って参加したのだ。

回帰する前は本当に荒れていたから全然出てなかったし、私の評判も悪かった。

だから今回はその評判を上げるためにもお茶会に出たのだが……。

「んー、美味しいわ！　これはなんというお菓子なんでしょう？」

「アサリア様、そちらはマカロンというお菓子です」

「名前も見た目も可愛らしいわ。それにとても美味しくて食感も素晴らしいわね。どこのブランドのお菓子なのでしょう？」

「あっ、そちらは私の家が経営している菓子店のものです。よければ今度、スペンサー公爵家にお菓子を贈らせていただきますが」

「お願いするわ！　お返しになんでも用意するから！」

「は、はい！　光栄でございます！」

すっごく楽しい！

えっ、お茶会ってこんなに楽しかった？

回帰する前はお茶会なんてつまらないものって思っていたけど、心に余裕があっていろんな令嬢と話すとこんなにも楽しいものだったのね。

今回のお茶会は立食のような形を取っていて、食べ物がいろいろと置いてあり好きなものを取って食べていいというスタイルだ。

お茶もお菓子も美味しいわ、用意してくださった方々には感謝しないと。

「ふふっ、アサリア様って可愛らしい方なのですね」

「んっ……可愛らしい？」

周りにいた令嬢の一人がにこやかに笑いながら言ってから、ハッとして少し申し訳なさそうな顔をした。

「あっ、失礼しました。公爵令嬢であるアサリア様にご無礼なことを……」

「いいえ、全然大丈夫よ。むしろなんで可愛らしいって思ったのか聞かせてもらえないかしら？

綺麗って言われることは多いけど、可愛らしいって言われたことはあまりないから」

自分でも整った顔立ちをしていると思うが、目尻は上がっていてキツい印象を与えることが多い。

黙って真顔でいると怒っていると勘違いされてしまうくらいだ。

「その、お菓子を召し上がっている姿を見ていたら、とても美味しそうに幸せそうに食べていらしたので。失礼ながら、愛らしいと思ってしまいました」

「うーん、そうなのね。だけど好意的に見てもらえるなら嬉しいわ、ありがとう」

特に意識はしてなかったけど、意識してない振る舞いが好感をもって捉えられて、それが悪い噂を払拭してくれるなら全然問題ないだろう。

「わ、私も失礼ながら、アサリア様を可愛いと思いました！」

「私もです！　よければお菓子はまだまだあるので持ってきます！」

「ふふっ、ありがとう」

こうして同年代の女性と楽しく話すというのも、回帰する前はあまり出来なかった。

皇妃になるための勉強に追われ、ルイス皇太子の浮気に振り回され、婚約破棄された後は魔獣と戦うための魔法の訓練をしていた。

なんだかいろいろと取り戻している気がして嬉しいわね。

本当に楽しいけれど……一つ、気になることが。

「オリーネ嬢、聖女に選ばれたのですね。おめでとうございます」

「ありがとうございます」

あの女、男爵令嬢で聖女に選ばれたオリーネもいることだ。

今回は建国記念日パーティーのようなかしこまったパーティーではなく、男爵令嬢でも招待されるような場だ。

だから前のように難癖をつけて追い出すことは出来ない。

まあだけど……オリーネの方を見ていると、彼女が私の視線に気づく。

するとビクッとしてから身体ごと視線を逸らした。

ふふっ、あんな態度を見るだけでも面白いものね。

でも少しだけ、貴族の振る舞いというものを教えてあげようかしら。

私は背を向けているオリーネに近づいていく。

「ご機嫌よう、オリーネ嬢」

「っ！　ご、ご機嫌よう、アサリア様」

声をかけるとオリーネはビクッとして、引き攣《つ》った笑みを浮かべながら挨拶をする。

「どこか体調が悪いのかしら？　お顔の色が悪いわよ？」

「い、いえ、体調は大丈夫です。お気遣い感謝いたします」

「あら、そうなの？　それならなぜ、私の方に挨拶がなかったのかしら？」

「えっ？」

「お茶会が始まって数十分が経ちましたが、一向にオリーネ嬢が公爵令嬢の私に挨拶をしに来てくれないので、私の方から来てしまったわ」

「あっ……」

普通、こういう場では爵位が低い者が、上の者に挨拶をしに伺う。

逆というのは、本来ならありえない。

私が少し大袈裟《おおげさ》に声を張って喋《しゃべ》ったので、周りの人々から視線が集まる。

「も、申し訳ありません、アサリア様。先日、アサリア様に対してご無礼をはたらいてしまったので、挨拶に伺うのを躊躇《ためら》ってしまって……」

「あら、ご無礼なこと？　何だったかしら？」

「その、それは……」

周りをチラッと見たオリーネ、さすがにここで無礼なことの内容を説明するのは無理だろう。

だから私はやさーしく、助け舟を出してあげる。

「私は無礼なことをされた覚えはないわ、オリーネ嬢」

「えっ？」

「だってあなたは先日の建国記念日パーティーには、来てないのでしょう？」

「え……？」

「男爵令嬢のあなたは公爵家か皇室の方に招待されないと来られない。そこにあなたは、招待されなかったから来なかった……そうよね？」

私が笑みを作ってそう問いかけると、オリーネはビクッと震えた。

「は、はい……そう、です」

「そうよね。だから私は無礼なことをされてないから、そんなに怯《おび》えなくていいわ」

「お、怯えてなんかいません」

ようやく作り笑いをして私と視線を合わせたオリーネ。

その目にはまだ私に対抗心を持っているような雰囲気があった。

そうね、そうこうなくちゃ面白くないわ。

まだまだ足りないから……ふふっ。

「そう、それならよかった。一つ言っておくと、スペンサー公爵家の私が炎の魔法を使うのは、魔獣に対してか、私の邪魔をする相手に対してか……それが子供であれ女性であれ、たとえ皇族であったとしても、私はこの力を使うことに躊躇いはないわ」

「っ……そうですか、勇ましくて尊敬します」

「ふふっ、ありがとう」

おそらくルイス皇太子とはもうすでに二人で会っているだろう。二人は回帰する前から逢瀬《おうせ》を繰り返していたから。

私がルイス皇太子に対して炎の魔法を使ったことを知っているから、ここまで怖がっていたのだろう。

いつかこの子にも炎の魔法を見せてあげる時が来るかもしれないわね。

私は笑みを浮かべながら、今まで周りに聞こえるように喋っていた声を落として、彼女だけに聞こえるように――。

「だから――あまり私を刺激しないようにね、聖女オリーネ」

「っ……」

回帰する前はこの子が魔法の射程範囲内に入った瞬間に、咄嗟《とっさ》に操って避けてしまったけど――次の機会があれば、直撃させるでしょうね。

私は最後にニコッと笑いかけて、彼女に背を向ける。

「今後、目上の方に対しての礼儀作法には気をつけるようにね、オリーネ嬢」

「……はい、ご忠告痛み入ります」

後ろで頭を下げるオリーネを見届けてから、お茶会に戻った。

とっても楽しいお茶会だったのに、嫌な人を見つけたから、少し気分が下がってしまったわ。

美味しいお菓子を食べてまた楽しく過ごしましょう。

そう思って私の取り巻きがいるところに戻ると、誰かが中心にいて話していた。

深海を思わせるサラサラとした綺麗な蒼《あお》い髪に、王子様のように優しげで端整な顔立ち、スラッとした抜群のスタイル。

あの男性は私と同じく、四大公爵家の方だ。

「アレクシス様。ご機嫌よう」

そう声をかけると、柔らかい笑みを作ってアレクシス様がこちらを向いた。

「アサリア嬢、久しぶりだね。僕のことは覚えてるかな？」

「はい、もちろん。モーデネス公爵家のご嫡男を忘れることなんてありえませんわ」

「あはは、それはそうか。僕もスペンサー家のご令嬢として、しっかり覚えてるよ」

アレクシス・カール・モーデネス、四大公爵家の一つ、モーデネス公爵家の嫡男だ。

年齢は私の二つ上くらいで、すでに東の砦で魔獣と戦っていると聞いた。

水の魔法を司るモーデネス公爵家、その公爵家の血をしっかりと継いだ海色の髪と澄んだ蒼い瞳が印象的だ。

嫡男でとても優秀だから、モーデネス公爵家の次期当主として期待されている。

しかしまだ婚約はしていないようで……私の取り巻きの令嬢達が、獲物を狙うような目で彼を見ているわね。

「先日の建国記念日パーティーでは挨拶出来なかったからね。まあ、とても面白い噂は聞いてるけど」

そう言ってウインクをするアレクシス様。

周りにいる令嬢達がキャーキャー騒いでいる。この人も顔はすごく良いからね。

「面白い噂ですか？　さあ、なんのことかわからないですね」

「ふふっ、そうかい？　まあスペンサー公爵家のご令嬢が言うなら、なかったのかな？」

この人は回帰する前の二年後でもそこまで深く関わったことはなかったが、いつもこんな感じでどこか軽い印象を受ける人だった。

だけどとても優秀で、二年後には二十二歳という若さでモーデネス公爵家の当主になっている。

つまり今後のために、今のうちに仲を深めておいた方がいい人だ。

それに建国記念日パーティーで、私が起こした事件をすでに聞いているようだけど、面白い噂と言ってくれている。

この人の感性はよくわからないけど、好印象ならいいだろう。

「アレクシス様がこのようなお茶会に顔を出すのは珍しいですね」

「こういう場ってぶっちゃけ、男女の出会いの場に近いだろう？　あんまり好きじゃないんだよね」

周りにいる令嬢達がドキッとしているのがわかった。

アレクシス様は公爵家の嫡男、いろんな令嬢に言い寄られることが多いから、お茶会などが苦手なのだろう。

「ではなぜ今日は出席なさってるのですか？」

「そりゃもちろん、アサリア嬢が出席するって聞いたからさ」

「私ですか？」

まさか私が目的とは思わず、聞き返してしまった。

令嬢達がまたキャーキャー言っているが、多分恋愛的な意味ではないと思うけど。

「私に何かご用ですか？」

「うーん、用事というものは何もないんだけどね。ただ面白い噂を聞いたから、会ってみたいなぁと思っただけ」

「先程、面白い噂はないと言ってなかったですか？」

「ああ、そうだったね。じゃあただ君が気になったから会いに来ただけかな」

また令嬢達が口を押さえて黄色い歓声を上げている。

はぁ、この人は狙っているのか狙っていないのか、意図がわからないわね。

「……婚約者がいる私に向かってその言い方はどうかと思いますが」

「あはは、そうだね。失礼したよ」

全く謝る気がないアレクシス様。

やはりどこか摑みどころがない人だ、あまり得意じゃないわね。

「そういえば君の兄上は元気かな？」

「お兄様ですか？」

そう、私にはお兄様が一人いる。

イヴァン・レルｌ・スペンサー、歳は私の二つ上で、とても厳しく強いお兄様だ。

回帰する前は婚約破棄されるまでは、ほとんど関わらなかったけど、婚約破棄のあとは魔法を鍛える時に何度も顔を合わせて……訓練でボコボコにされた。

今思い出しても少し身が震えるわ……だけどそのお陰で強くなったけど。

「イヴァンお兄様は南の砦に駐留しているはずです」

「そうか、彼はとても真面目で堅いからね。まあ妹のアサリア嬢ならもちろん知ってると思うけど」

「……はい、もちろんです」

何度、地面に転がされたか……。

そういえばお父様が私に魔法の訓練を始めないといけないと言っていたが、今回もイヴァンお兄様に教わるのかしら？

……怖くなってきたわね。

「ん？　どうしたんだい、少し震えてるけど」

「いえ、なんでもないです」

いけないい、私は公爵家の令嬢、こんなところで弱みを見せるわけにはいかないわ。

「じゃあ僕はそろそろ帰るとするよ。目的も果たせたしね」

「本当に私と話すのが目的だったんですか？」

「もちろん、僕は嘘はあまりつかないよ」

……じゃあ少しはつくってことね。

「それとアサリア嬢、僕達はそこまで歳も変わらないし、公爵家同士だから敬語はなしでもいいんだよ？」

「……いえ、婚約者がいる身で他の殿方と親しげに話すのもいかがなものかと」

「あはは、そっか。じゃあそれは、婚約者がいなくなった時の楽しみに取っておくよ」

最後にウインクをして、アレクシス様は去っていった。

どうやら面白い噂とやらで、私がルイス皇太子との婚約を破棄する気だというのには気づいているようだ。

まあそれくらい気づかないと、二十二歳で公爵家当主にはなれないわね。

その後は特に何もなく、お茶会は終わった。

今日はお茶会が楽しいものだと気付けたし、モーデネス公爵家の嫡男のアレクシス様にも会えたし、なかなかいいお茶会だったわね。


その後、日が沈む前に私は馬車で帰っていた。

馬車の中で外の景色を見ながら、軽くメイドのマイミと話す。

「本日のお茶会はどうでした？」

「とても楽しかったわ。甘いお菓子ってあんなに美味しいのね。お店を色々教えてもらったから、後で全部のお店から取り寄せておいて」

「かしこまりました」

こうやっていくらでもお金を使えるのは公爵家の特権よね。

お菓子が届くのが楽しみだわ……太らないように気をつけないと。

そう思いながら馬車に揺られていると、窓の外に気になる景色があった。

「ねえ、馬車を止めて」

私が御者にそう声をかけると、すぐに馬車が止まった。

「アサリア様、どうしました？」

「いえ、ちょっと外で何か騒がしいものを見つけて」

「騒がしいもの、ですか？」

馬車から降りてそちらの方に行こうとすると、慌ててマイミと御者がついてきた。

「ま、待ってくださいアサリア様！　お一人で行くのは危ないですから！」

「大丈夫よ、私強いから」

「た、確かにそうですけど！」

この辺りは貴族街と平民街の境目で、どちらの人間も行き来する場所だ。

そこで起こる騒ぎなど、とても限られている。

「おい貴様！　平民ごときがこの俺の前を横切ったな！　俺は男爵だぞ！」

うわー、なんか頭が悪そうな言葉が聞こえてきたわ。

そちらへ行ってみると、どうやら男爵だという貴族が、一人の男性に難癖をつけていた。

「……申し訳ないです」

「それが謝る態度か⁉　地面に頭をつけて媚《こ》びへつらえ！　舐《な》めた態度取りやがって！」

丸々と太った男が鼻息を荒々しく吹かせながら、ボロボロな服を着た男性の腹を殴った。

「……もう、いいですか？」

「くっ……！　お、お前、やはり俺を舐めてるだろ！」

殴られた男性の体格がよかったからか、殴った貴族の男の方が痛そうに顔を歪《ゆが》めていた。

ほんと、馬鹿みたいね。

周りにも平民の人達が集まっていて、いい見世物となっている。

「またあの貴族だよ……」

「あいつ、俺達みたいな平民を下に見るためにここに来てるからな」

「絡まれた男も可哀想に」

周りにいる人達の呟きを聞くに、あの貴族の男は平民を見下すためにここに何回も来て問題を起こしているようだ。

なんとも時間の無駄で悪趣味なことをしているのだろうか。

「俺を見下すんじゃねえ！」

いや、それは相手の平民の男性がデカくて、あんたが身長も器も小さいからでしょ。

というかあの平民の男性、どこかで見たことがあるのよね……誰だったかしら？

「ふざけんな！」

「っ！」

今度は男性の右頬を殴った貴族の男。

さすがに頬は硬くないのか、口内を切ったらしく口元から血が垂れる。

しかし平民の男性は全く怯《ひる》まずに、貴族の男を上から見下ろしていた。

「……申し訳ない、です。もうこれでいいでしょうか？」

「貴様……！」

また貴族の男が拳を振りかぶった。

もう、見てられないわね。

「そこの男、もうやめなさい！」

私は人だかりの間を縫って、貴族の男にそう言い放った。

「あっ？　なんだ、小娘！　今の言葉、男爵である俺に向かって言ったのか⁉」

「そうよ、あなたのような小物に私から話しかけたのよ。光栄に思いなさい」

「なんだと……⁉」

男爵だとのたまう男は、私の格好を上から下まで眺める。

今の私はお茶会帰りだから、どこをどう見ても平民には見えない。

どこかの貴族の令嬢だというのはすぐにわかるだろう。

「俺を小物だと⁉　俺はピッドル男爵だぞ！　貴様はどこの貴族家の者だ、小娘⁉」

「スペンサー公爵家だけど？」

「……はっ？　ス、スペンサー、公爵家？」

貴族なら、いや、帝国に住む人なら全員が知っている、四大公爵家。

私がそのうちの一つ、スペンサー公爵家の令嬢だとは思わなかったようだ。
ピ、ピッグ男爵……？　食い気味に答えてしまったから聞き取れなかったわね。
多分違うけど、まあ覚えなくていいか。

男爵の男はさっきまでの勢いが消えたようで、顔が青ざめている。

「スペンサー公爵家、だと？　う、嘘をつくではない！」

「嘘を言っているように見える？　それに私の格好を見れば、あなたなんかよりも素晴らしい装飾品を身につけているのがわかるんじゃないかしら？」

今日の私は男爵の男の服よりも美しい刺繍《ししゅう》があるドレスに、高価なネックレスやブレスレットをしている。

男爵ごときが見たこともないような宝石で作られたものだ。

「それに貴族でも平民でも、他の家名を名乗るのは死罪になるほど重罪なのよ？」

「だが、公爵家がこんな道を通るはずが……！」

「あら、男爵ごときのあなたが公爵家の通る道を決めるの？　それはスペンサー公爵家に対しての不敬よ」

「うっ……！」

ピッグ男爵は苦い顔をして、何も言い返せないようだ。

「それで、あなたは何をしていたのかしら？　何か無様な姿を晒《さら》していたようだけど」

「ぶ、無様⁉　こ、公爵令嬢でも、言葉には慎んでもらいたいですな！　私はこの平民に身の程を教えようと……！」

「身の程を知るのはあなたでは？　貴族だからって何をしてもいいと思っているの？」

「なんだと……⁉」

はぁ、話が通じないこの馬鹿と会話をするのは面倒ね。

「この方があなたの前を通っただけで、あそこまでしたのでしょう？　それなら……公爵家の私をこれほど侮辱したあなたには、私はどこまでしていいのかしら？」

「なっ、どういう……⁉」

「今までのあなたの態度、全てが公爵家への侮辱よ。前を通っただけで殴ってもいいというのなら、ここまでされた私はあなたの腕か足を一本切り落としても構わないと思うのだけれど？」

「そ、そんな物騒なことを、公爵令嬢が言うなんて、なんて恥知らずな……！」

「あなた、公爵家が今も何と戦っているのか知らないの？　魔獣を殺すのとあなたの腕を一本切り落とすの、どちらが簡単かしら？」

私がそこまで言うと、男爵の男はまたぷるぷると身体を震わせる。

そんなことを言っていると、騒ぎを聞きつけたのか数人の衛兵がやってきた。

「何かありましたか？」

「マイミ、説明してあげて」

「は、はい！」

マイミが私の身分とあちらの身分を伝え、今まで起こったことを話す。

「そんなことが……ピッドル男爵、ご同行を願います」

「俺に触るな！　平民のくせに！」

衛兵に囲まれて暴れるピッドル男爵。

ピッグじゃなくてピッドルなのね、ようやく名前がわかったわ。

無駄な抵抗をしているピッドル男爵が、切れたように声を荒らげる。

「ただの平民が、力で成り上がった俺を舐めるなぁ!!」

「……はっ？」

私が思わずとぼけた声を出した瞬間に、ピッドル男爵が手から炎を出した。

あいつ、炎の魔法が使えるの？

四大公爵家以外でも、魔力を持っていれば魔法を使える。

「なっ⁉　お、おやめください！　こんなところで魔法を使ったら……！」

「ははは！　これが俺の力だ！　公爵令嬢がなんだ、衛兵がなんだ！　死にたくなかったら俺に逆らうなぁ！」

衛兵も流石にこの人数で炎の魔法を出したピッドル男爵を拘束するのは難しいようで、後ろに下がって剣を構えているだけだ。

周りにいる野次馬たちの中には、恐怖して逃げ出す人も出てきた。

私は特に動かず、頭に手を当ててため息をつく。

「はぁ、あそこまで馬鹿だったとは……」

多分、もとはあいつも平民だったのかしら？

それで魔力が多少あるから魔法が使えて、戦場で多少の戦果を出したから爵位をもらって調子に乗ったのね。

平民を下に見たり、無駄に派手な服で身を固めたりしている。

公爵家にあんな態度を取ってどうなるかもわかっていない。

よくこんなやつに爵位が与えられたわね。

「ア、アサリア様、逃げましょう！」

「はっ？　マイミ、何を言ってるのかしら？」

私が、あんな奴から逃げる？

「私はスペンサー公爵家の者よ。あんな馬鹿相手に逃げるなんて、公爵家の恥よ」

「で、ですが……！」

マイミは涙目で腰が引けて、今にも逃げたい感じだ。

「ピッドル男爵、ここまでやったのなら覚悟は出来ているのよね？」

「あっ⁉」

「ス、スペンサー公爵令嬢、下がってください！」

衛兵がそう言ってくるが、私は下がらずにむしろ前に出た。

「まあ答えなくてもいいわ。どっちにせよ、結末は決まってるから」

私が全く怯まずに相手の目を見て告げると、ピッドル男爵はビビったようだ。

「お、女が俺を見下すな！　俺は、ピッドル男爵だぁ！」

名前を叫びながら、男はついに私に向かって炎の球を放った。

男爵になったのがそんなに嬉しかったのかしら？　よくわからないけど。

「もう男爵とは呼べないけど」

魔力を行使し、手を前に向ける。

すると炎の球が、私の目の前で止まった。

「なに⁉　な、なぜ当たらん⁉」

「よくスペンサー公爵家の私に炎で挑もうと思ったわね」

くるっと指を回すと、あちらが出した炎が私の指先に集まった。

「な、なぜ、俺の炎が……！」

「これくらい出来ないと、スペンサー公爵家を名乗れないわ」

雑な魔法、こんなの雑魚魔獣を一体倒すくらいの威力しかないわね。

回帰する前、一度の魔法で何十体の魔獣を倒したと思っているのかしら。

無駄に大きい炎を小さく、小さく圧縮した。

「これは明確な公爵家への攻撃、死に値するわ」

「な、なっ……⁉」

男は完全に炎の魔法を奪われたせいか、目を見開いて固まっている。

「このままここでやってもいいけど、面倒だから衛兵に任せるわ」

騒ぎを聞いて多分すぐに応援がやってくるでしょうし。

ただ公爵家の私を殺そうとしておいて、このまま何もせず衛兵に引き渡すのはいただけない。

どうせ死ぬと思うけれど、痛い目には遭わせないと。

私は男に指先を向けた。

「魔法、返してあげるわね」

圧縮した炎の魔法を、男の右肩めがけて放った。

高速で放たれた小さな炎の球、ピッドル男爵は当たった瞬間に叫び声を上げた。

「があぁぁぁ⁉」

「さっき言ったわよね、腕か足を一本切り落としても構わないだろうって。有言実行をさせてもらったわ」

右肩が炎で吹き飛んだピッドル男爵が、右腕を失って肩があった場所を押さえて蹲《うずくま》る。

血はほとんど出ていない、炎で焼けたからだろう。

「衛兵、もう大丈夫でしょ。捕えなさい」

「は、はっ！」

衛兵が私の声にハッとして、痛みで動けなくなった男爵を慌てて捕らえた。

はぁ、これで一件落着かしら。

気まぐれで首を突っ込んだけど、無駄に疲れたわ。

「すみません」

「ん？」

衛兵がピッドル男爵を縄で縛っているのを見届けていたら、後ろから話しかけられた。

振り向くと、ピッドル男爵に絡まれて殴られていた男性だった。

「あの、ありがとうございます。助けていただいて」

「ああ、いいのよ。私がやりたくてやったことだから」

平民の男性、やはり近くで見ると身長が高い。

顔立ちもすごく整っているけど、頬が少し腫れているわね。

「頬は大丈夫？　お腹も殴られていたけど」

「少し口の中が切れただけで問題ありません。腹は特に何も」

「そう、強いのね」

特に訓練を受けたわけでもなく、ただ身体が強い人のようだ。

というか本当に、どこかで見た気がするんだけど……。

「あなた、私と会ったことはある？」

「スペンサー公爵令嬢と？　いえ、ないと思いますが」

「そうよね……あなた、名前は？」

「名前ですか？　ラウロです」

ラウロ……えっ、ラウロ⁉

まさか、あの聖騎士ラウロ⁉

私が回帰する前、つまり二年後の世界に、ラウロという聖騎士がいた。

聖騎士という名誉ある職に就いたラウロ。聖騎士というのは聖女を守る騎士。

二年後にこの男性、ラウロはあの聖女オリーネを守る騎士となるのだ。

そんな大事な職に就くというのに、ラウロは出生などが明かされていなかった。

普通ならば騎士の家系の貴族などがなるところを、オリーネが無理矢理ラウロを側に置いたのだ。

最初の方は反発があったが、ラウロはとても強かった。

それこそ、小さな頃から訓練を受けている騎士が何人がかりでも勝てないほど。

とても強い力があったのと、ルイス皇太子の鶴の一声でラウロは聖騎士となった……と聞いたことがある。

聖女オリーネのお気に入りで、ルイス皇太子からも推薦された聖騎士。

ルイス皇太子が推薦した理由は、どうせオリーネだけど。

まさかそんな聖騎士ラウロと、こんなところで出会うとは。

どうりで見覚えがあるはずだ、回帰する前にオリーネの側に仕えていたから。

しっかり思い出せていなかったけど、今思い出した。

茶色の短い髪で、とても身長が高くガタイがいい。

顔立ちも整っていて美青年という感じだが、剣を振るえばその顔に似合わず、すごい強い力で他を圧倒する。

一度だけ魔獣と戦っているところを見たけど、剛力というのはまさにラウロのためにある言葉だったわね。

「ラ、ラウロね……あなたはここで何をしているの？」

「何をって……男爵の男に絡まれていましたが」

「あ、ああ、そうだったわね」

いけない、驚きすぎて変なことを聞いてしまったわ。

だけどラウロって、もともと平民だったのね。

どこかの貴族の隠し子ではないのか、と噂されていたけど。

「ラウロ、あなたってどこに住んでるのかしら？　服がボロボロだけど、あの男爵にやられたの？」

「この近くの路地裏の家を間借りして、弟と妹の三人で暮らしてます。服がボロボロなのはもともとです」

「両親は？」

「いません、捨て子なので」

「あら、そうなのね。弟さんと妹さんも？」

「はい、双子の弟と妹は俺が拾いました」

服もまともに買えないとなると、生活がどれだけ厳しいかが窺える。

双子の弟妹《ていまい》さんもおそらく血が繋《つな》がってないし、まだ幼くて働けていないのでしょうね。

「なぜそんなことを聞くのですか？」

「……あなた、私のもとで働かない？」

「っ、俺が？」

「ええ、そうよ」

これは、とってもチャンスでは？

「ちょ、アサリア様⁉　何を言ってるんですか⁉」

「あら、マイミ、戻ってきたのね」

さっきまで衛兵とピッドル男爵について話していて、ようやく男爵が連行されたようだ。

「身元不明の人を、公爵家は雇いませんよ！　それにどこで働かせるんですか？　庭師ですか？」

「私の騎士よ、専属のね」

「騎士⁉　しかもアサリア様の専属⁉」

「騎士……俺が？」

マイミがとても驚いた顔をしていて、ラウロも不思議そうに首を傾げている。

だけどこのチャンスは逃したくない。

オリーネの未来の聖騎士を、私のものに出来る可能性があるわ。

「あっ、オリーネって名前に聞き覚えは？　オリーネ・テル・ディアヌ男爵令嬢よ」

もうすでに会っていたりはするのかしら？

「オリーネという方は知りませんが、ディアヌ男爵は俺が働いている運送店をよく利用する方だった気がします」

「あら、そうなのね」

その繋がりでオリーネと出会ったのかしら？

何かしらのタイミングでラウロの力を知って、スカウトしたっていう感じかしらね。

「あなた、力持ちでしょ？」

「まあそうですけど……なぜわかるんですか？」

「さっきピッドル男爵に殴られてビクともしてなかったから。どう見ても身体が強そうだし、それに……あなた、魔力を操っているわね」

「魔力？　なんですかそれ？」

「っ、ふふ、知らないのね」

普通は魔力を操るにはとてつもない練習がいるし、魔力を持っていても操るのが下手だったら宝の持ち腐れだ。

しかしラウロは魔力という概念すら知らないのに、無意識にそれを操って自身の身体の強化をしている。

天才、まさにその言葉が似合う男ね。

「あなたなら私の騎士になれる。公爵令嬢の専属騎士に」

「俺が？　剣など一度も握ったこともありませんが」

「大丈夫、あなたなら数ヵ月も訓練すればそこらの騎士よりも強くなれるわ」

「なぜそんな自信が？」

「うーん、勘よ」

二年後の記憶がある、とは言えないものね。

「もちろん、私のもとで騎士となるのならそれ相応の給金、待遇は用意するわ。そんなボロボロの服なんか二度と着なくてよくなるくらいのね」

「……弟と妹はどうなるのでしょうか」

「あなた達のための家を用意するわ。間借りじゃなくて、大きな家を買い取ってプレゼントしてあげる。私のもとに来るって決めた瞬間にね」

「っ、本当ですか？」

「ええ、もちろん。どう？　来る気になった？」

「……正直、ここまで良い待遇だと怖いんですが」

まあそうよね。

だけどラウロには、それだけの価値がある。

騎士としてとても優秀なのはもちろんのこと、オリーネの未来の聖騎士を奪えるという価値も。

「俺を騙《だま》そうとしているわけじゃ……」

「騙す？　私があなたを騙して何を手に入れるのかしら？」

「……何か人身売買とか、臓器売買とか」

「あなた、意外とエグい発想をしてるわね……」

しかも無表情で言うから、本気の考えというのが伝わってくるわ。

「名誉あるスペンサー公爵家がそんなことするわけないでしょ。ただ私はあなたの才能を見抜いて、雇おうとしているだけよ」

「……そう、ですか」

「どう？　こんなチャンス、二度とないかもしれないわよ？」

本当はあるけどね、聖女の護衛をする聖騎士になれるっていうチャンスが。

だけどあんな性悪聖女よりも、私に雇われた方が絶対に待遇もいいわ。

「……すぐには決められません。弟や妹にも話さないと」

「あら、そう？　じゃあ今から話しに行きましょう」

「えっ、今から？」

「善は急げ、っていうじゃない。あなたの家に案内してくれる？」

「だけど俺の家、公爵令嬢を招待出来るほど綺麗じゃ……」

「全く構わないわ。スペンサー公爵令嬢は、魔獣の血で染められた地面でも優雅にお茶をするのよ？」

私はニコッと笑ってラウロにそう言った。

回帰した後は、魔獣を一度も殺してないけど。

なんなら回帰する前でも、血で染められた地面でお茶なんてしたことないわね。

野戦食は食べたことあるわ、味がしない硬いやつ。

「……ふっ、そうですか。助けられたお礼も出来てないので、粗茶でよければお出しします」

「ええ、ありがとう」

「ほ、本当に行くんですか、アサリア様……！」

マイミが側でそう言ったけど、無視してラウロの後についていった。


騒ぎがあったところから数分歩いて、路地裏に入ったところ。

そこにラウロが間借りしている家があった。

ボロボロの木造建築で、今にも崩れそうな雰囲気がある。

「こ、これは……！　アサリア様、やっぱり帰りましょうよ！　こんなところ、虫がいっぱい出てきますよ！」

む、虫はちょっと嫌ね、確かに。

回帰する前に魔獣を何百体と倒してきた私だけど、虫は少し苦手だった。

だけど虫が数匹出たくらいで、ラウロを諦めるわけにはいかない。

「行くに決まってるわ。マイミはここで待っててていいのよ」

「い、いいえ、ついていきます……！」

意外とマイミは忠誠心があるようで、声を震わせながらそう言ってくれた。

回帰する前はこんなに私を思ってくれるメイドがいなかったから、嬉しいわね。

「そ、それに、絶対に虫が出るってわけじゃないですもんね」

「虫は昨日、五匹くらい出た気がします。毎日それくらいは出てきます」

「アサリア様、すみません、外で待たせていただきます」

「……」

さっきの感動を返して欲しいわ、マイミ。

まあ仕方ないけど。

私とラウロが中に入ると、やはり中もボロボロな感じはあるけど、掃除をしっかりしているのか意外と綺麗に保っている。

テーブルの椅子に座っていると、奥の部屋から小さな男の子と女の子が出てきた。

「兄ちゃん！　おかえりなさい！」

「にぃに！　おかえり！」

どうやらラウロの弟妹のようだ。

二人は確かに双子だとわかるほど似ている気がする、髪は黒色で瞳も黒だ。

だけどラウロとは全く似ていない、やはり血が繋がっていないみたいね。

二人ともおそらく十歳にも届かない、まだ働くには早すぎる歳と見た目。

「ただいま、レオ、レナ。いい子に待っていたか？」

ラウロが優しく微笑んで、二人の頭を撫《な》でた。

あら、ラウロってそんな顔もするのね。

回帰する前に聖騎士になったラウロを何度か見たことあるけど、いつも無表情で感情なんてない、みたいな人に見えたけど。

「兄ちゃん、そこの人は誰？」

「にぃにのお友達？」

「っ！　いや、その……！」

ラウロが二人の言葉に少し慌てながら私を見た。

公爵令嬢の私に向かって、二人がなかなか失礼な言葉を言ったからだろう。

だけど、ラウロの反応が心外ね。

私がさっきの男爵みたいに「平民のくせに生意気な！」って言うと思ったのかしら？

……いや、回帰する前なら言っていたかもしれないけど。

「私はアサリアよ。あなた達のお兄さんの、新しい雇い主ってところかしら？」

「やといぬし？」

「やといぬしって何？」

「そうね、お兄さんと一緒に仕事をしたい、ってことよ」

男の子はレオ、髪が短くて目がくりくりしてて可愛い。将来はラウロみたいな美青年になるかも。

　女の子はレナ、髪は結構長いんだけどお手入れをしてないから、少し枝毛が目立つわね。しっかり整えてあげれば、そこらの令嬢よりも可愛くなるかも。

「すみません、アサリア様。二人は捨て子で貴族という概念もまだそこまでわかってないと思うので……」

「大丈夫よ。可愛い弟さんと妹さんね」

「……ありがとうございます」

　ラウロが少し嬉しそうに微笑みながら、私にお茶を出してくれた。

「すみません、本当に粗茶しか出せませんが」

「ありがとう」

　一口飲んだが、とても薄いお茶の味がする水、って感じね。

　こんな家に住んでいるのだから、お茶が出てくるだけすごいと思うけど。

　ラウロも対面に座って軽く話しているところに、弟のレオくんがラウロに話しかけた。

「兄ちゃん、寒くなってきたから暖炉つけていい？」

　確かに日も沈んで、肌寒くなってきたわね。

　私はドレスの上に着込んでいるけど、ラウロも弟妹二人も結構な薄着だ。

「ああ、そうだな。一人で出来るか？」

「レナとやればいけると思う！」

「えー、にぃにがやった方が早いよー」

ん？　暖炉に火をつけるのが大変なのかしら？

だけど確かに暖炉って小さな焚《た》きつけから燃やしていって、それを絶やさないようにしながら大きな薪に火を移して……っていうのは大変かも。

私の家は一年中暖かいから、その苦労は知らなかった。

「すみませんアサリア様、少し待ってもらえますか？　暖炉に火をつけるので」

「いえ、それくらいは待つけど、そんなに大変なら私がつけるわよ？」

「えっ？　いや、そんな大変なことをやらせるわけには」

「私にとっては指先一つで出来ることよ。あなた達、少し暖炉から離れて」

弟妹二人が不思議そうな顔をしながら私の側に近づくように、暖炉から離れる。

指を一本立てて魔力を軽く集中させると、指先に小さな炎が出る。

指先を振って暖炉に向けると、炎が暖炉の薪に移って燃え始める。

「はい、これで終わりよ。あとは炎が燃え尽きないように薪を焼《く》べてね」

私がいれば、いつでも炎はつけ放題だけど。

弟妹達に微笑むと、二人は目をキラキラとさせていた。

「すごーい！　お姉さん、魔法使いだ！」

「火が、ボッて！　ボッてなった！」

ふふっ、可愛らしいわね。

あのくらいの魔法は私にとって赤子の手をひねるよりも簡単なものだけど、この子達にとってはすごい魔法なのだろう。

「喜んでもらえて何よりよ。二人は暖炉の前で温まるといいわ」

「うん！　ありがとう！」

「お姉さん、ありがとう！」

「しっかりお礼が出来て偉いわね」

二人が楽しそうに笑いながら暖炉の方に行ったのを見届けて、私はラウロと向き合う。

彼も表情はあまり動いてないが、少し驚いている様子だった。

「やっぱり、アサリア様の魔法はすごいですね。さっきの男爵の肩も吹き飛ばしてましたし」

「あのくらいでビックリしないで欲しいわね。あなたにはそんな強い私を守れるほど強くなってもらわないといけないから」

「俺がそんな強くなれるのでしょうか」

「もちろん、スペンサー公爵令嬢の私が保証するわ」

公爵令嬢といっても、ただの他人がそう言っても信じないと思うけど。

だけどここでラウロを口説いておきたい。

「私についてきてもらえれば、暖炉に火をつけるなんてことは一生しなくていいわ。こんな家じゃなくてもっとしっかりした家に住んで、あの二人に留守番を任せることもないわ」

「っ……そう、ですね」

やはりあの二人だけで留守番させるのは、ラウロも不安なのだろう。

「家を買って、そこに使用人を雇ってもいいと思うわ。私の家から信頼出来る使用人を回すわよ」

「そんなことまでしてもらえるんですか？」

「スペンサー公爵家の令嬢の騎士になるのよ？　それくらい当然の対価よ」

公爵令嬢の専属騎士になるなら当然だけど、まだ剣も握ってない平民に約束する対価としては破格すぎるのは事実。

それでも、ラウロにはその価値が十二分にある。

「お姉さん、兄ちゃんと何の話してるの１？」

「お仕事の話？」

暖炉の前で温まっていた二人が、こちらに来て無邪気にそう聞いてきた。

こんな喋り方で話しかけられたことないから、なんだか新鮮ね。

「お仕事の話よ。お兄さんの才能を見込んで、私が一緒にお仕事をしましょうって言ってるのに、なかなか頷《うなず》いてくれなくてね」

「えー、そうなの？　兄ちゃん、なんでお姉さんと一緒に仕事しないの？」

「いや、ちょっとな……」

「なんでなんで？」

弟妹二人の純粋な質問に、困ったように眉を寄せるラウロ。

ふふっ、もう少し困らせてあげようかしら？

「お兄さん、私が一生懸命に言っても、『怪しいから嫌だ』って言うのよ？」

「えー！　兄ちゃん、ひどいよ！　お姉さん悲しんでるよ！」

「にぃに、お姉さんはいい人だよ！　暖炉に火をつけてくれたし！」

「いや、お前ら、それはちょっと違うと思うが……」

子供はとっても素直ね。

だけど暖炉に火をつけてくれたっていうだけで、そこまで信用するのはちょっと将来が心配ね。

「兄ちゃん、今の仕事場は全然お金くれないって悩んでたじゃん！」

「あら、そうなの？　それはもともとの給金が低いということかしら？」

「……いや、とても言いづらい話ですけど、そこの店主がこの家を貸してくれていて。だから他の人よりも低い給金なのですが、二割くらいしかもらえなくて」

「二割？　二割減っているということ？」

「いや、他の人の二割しかもらえてないってことです」

「はぁ!?　そんなの、不当すぎるでしょう」

いくら家を借りているといっても、二割しかもらえないのは低すぎる。

しかもこんなボロボロな家、どう考えても割に合わない扱いだ。

「だけど文句を言ってもここを追い出されたらさすがに困るので」

「……そう。だけど私についてくれれば、そんなことで困ることは一生ないわよ」

「お姉さん、それって本当⁉」

「ええ、本当よ。あなた達もっと暖かくて大きな家で暮らしていけるわ」

「ふかふかのお布団とか買えるかな⁉」

「もちろん、ふかふかのベッドも買えるわ」

とても楽しそうに憧れの生活を思い浮かべる弟妹の二人。

見ているだけで癒される、無邪気な子供っていいわね。

ラウロも弟妹の二人を見て、無表情ながら楽しそうな雰囲気が出ていた。

「ラウロ、あなたはどう？　お金が入ったら、家を手に入れたら何がしたいの？」

「えっ……俺ですか？」

「そうよ。あなたは何か楽しみなことはないの？」

回帰する前も聖騎士ラウロが笑ったところは見たことがなかった。

どこか機械的だと思っていたけど、弟妹二人といると楽しそうな雰囲気はある。

だけど彼のしたいこと、楽しいことというのを知らなかった。

「俺は……」

「人生、楽しまないと損よ。私もこれ以上なく痛感してきたから」

本当に痛感した、死ぬほどの痛みを感じて。

楽しいことを早く知っていれば、あんな痛みを、あんな屈辱を受けずに済んだかもしれない。

「人生を、楽しむ……」

「もちろん人生は楽しいだけじゃないし、あなたが私のもとに来ても、騎士になるまでは苦労すると思うわ。だけど今よりもお金も心も、余裕を持って生活が出来ると思うわ」

「っ……そう、ですか」

ラウロは一瞬だけ目を見開いてそう答えた。

「さあ、ラウロ。あなたはどうする？　私の手を取ってくれるかしら？」

私は笑みを浮かべて、彼に手を差し伸べた。

ラウロは私の手を見てから、真剣な表情で視線を交わす。

「……俺は――」

そして、ラウロの答えは――。

◇　◇　◇

ラウロとスペンサー公爵令嬢が出会ってから、数日後。

ラウロはまだ、運送店で働いていた。

その日も重い荷物を馬車に載せる作業をしていた。

「ふぅ……」

百キロ以上の荷物を持ち上げて一人で運ぶ、それが出来るのはラウロだけだ。

私服はとてもボロボロのラウロだったが、運送店の制服を着ているので今日は人並みの格好である。

夕方頃、その運送店にディアヌ男爵が来た。

急ぎで荷物を詰め込んで送ってほしい、という仕事だ。

いつもはディアヌ男爵と使用人だけが来るが、その日はなぜか令嬢も使用人と一緒に来ていた。

オリーネ・テル・ディアヌ男爵令嬢だ。

ラウロはその人を見て特に何も思わなかったが、

(そういえばあのお方が、ディアヌ男爵令嬢のことを聞いていたが、なぜだったんだろう)

と少しだけ思い出していた。

いつも通り、重い荷物を一人で運ぶ。

するとオリーネが近づいてきた。

「重くないのですか？　その箱、一個で五十キロ以上はあると思うのですが」

「……特に重くないです」

箱を三個同時に持ちながら、ラウロはそう答えた。

「ふふっ、そうですか。やっぱり、聞いていた通りですね」

「聞いていた通り？　何がですか？」

「あなたの噂はお父様から聞いていました。運送店に信じられないほど力持ちの男性がいる、と。聞いていた以上にすごいですね」

「はぁ、ありがとうございます」

そっけなく答えながら荷物を運んでいく。

ラウロの様子に少し眉を顰《ひそ》めたオリーネだったが、笑みを作ったまま話し続ける。

「お名前を聞いてもいいでしょうか？」

「……ラウロです」

「ラウロさん、素敵な名前です。ラウロさん、私のもとで働く気はありませんか？」

「どういうことですか？」

「そのままの意味です。あなたの力が強いのは魔力を操っているからです。それだけの才能があれば、騎士としてとても強くなるでしょう」

「ご令嬢は魔力というものが見えるんですか？」

「はい、私は聖女ですから。聖女だけじゃなく、能力が高い魔法使いでしたら見えるものですが」

「そうですか」

だからあのお方も見えたのか、とラウロは思った。

「どうでしょう？　運送店で働くより、どこよりも良い給金、待遇を必ずお約束します」

荷物を馬車に載せ終わり、オリーネと視線を合わせる。

笑みを浮かべるオリーネと、無表情のラウロ。

「申し訳ないですが、お断りします」

「っ！　なぜですか？　この店にそこまで思い入れがあるわけではないでしょう？」

「そうですね」

「あなたは弟さんと妹さんがいるから、もっと良い給金が欲しいのでは？」

「……なぜ知っているんですか？」

「ふふっ、調べましたから」

オリーネの笑みが少し歪んだように見えたラウロ。

「お住まいも調べさせていただきました。とても貧相な家に住んでらっしゃるようですね」

「まあそうですね」

「私のもとに来るのであれば、すぐに給金でもう少しまともな家を買えますよ。あの家じゃ戸締まりも出来ないですし、弟妹さんがお二人でお留守番をしてるのは危ないのでは？」

「……」

あのお方にも同じことを言われたのだが、オリーネにはなんだか「弱みを握っている」とでも言われたような気がした。

心配しているような口調や表情ではなく、ずっとニコニコと作り笑いをしているからだろう。

あのお方も得体はしれなかったが、こちらの方がよくわからない。

「こんな話、二度と来ないと思います。どうですか？　私のもとで働きませんか？」

オリーネがニコッと笑ってそう言った。

普通ならオリーネの言う通り、平民であるラウロにこんな話など来ることはない。

しかしラウロは――普通ではなかった。

「ありがたいお話ですが、お断りします」

「えっ……？」

目を見開いて、驚愕《きょうがく》の表情を浮かべたオリーネ。

今までずっとニコニコと笑っていたのが、崩れた瞬間だった。

「な、なぜですか？　男爵令嬢の、いや、聖女の騎士、聖騎士になれるチャンスなのですよ？　こんな機会、二度とありませんよ？」

「確かに聖騎士という意味ではそうですね」

「そ、そうですよ。聖女はとても少なく、今この国にいる聖女は私ともう一人だけです」

そちらの聖女はすでに騎士がいるので、聖騎士になるのであればオリーネの騎士になるしかない。

しかしラウロは聖騎士という職業がどれだけ名誉があり、素晴らしいのかなどわかっていない。

いや、わかったとしても、どうでもいいのだ。

「申し訳ないです、ディアヌ男爵令嬢。俺はもうすでに、ついていく人を決めているのです」

「なっ……誰ですか？　運送店の店主さんでしょうか？　ですがその方はあなたに家を貸し出していますが、不当な対価であなたを働かせていて……」

「もちろん、運送店の店主ではないです」

「では誰に？　いえ、誰だとしても私よりもあなたを評価して、私以上に良い待遇を用意出来る人なんていないはずが……！」

その時、ラウロはオリーネの後ろに現れた女性を見た。

赤くて長い髪をふわりと風に靡《なび》かせ、悪女のような笑みを浮かべていた。

「オリーネ嬢、ご機嫌よう」

「っ！　ア、アサリア様……⁉」

オリーネが身体をビクッと震わせてから、とても驚いた顔をして振り返る。

「ど、どうしてアサリア様が、こんな平民街に？」

「あら、オリーネ嬢、私の挨拶は無視かしら？　せっかく公爵令嬢の私から挨拶をしたのに」

「っ！　も、申し訳ありません、アサリア様。ご無礼なことを」

「ふふっ、まあいいわ。私は今日、とっても機嫌がいいから」

「そ、そうですか。それは素晴らしいことですね」

「ええ、そうね」

お互いにニコニコと笑っているアサリアとオリーネ。

しかしラウロから見ると、さっきまでの笑みよりも余裕がなくなったのがオリーネ。

逆にあのお方、アサリアはいつもよりも楽しそうに嗤《わら》っているように見えた。

「なんで私の機嫌がいいのかわかるかしら？」

「いいえ、すみませんが見当も付きません。よければ教えていただけると幸いです」

「ふふっ、それはね……私の専属騎士の候補が、ようやく私のものになるからよ」

「えっ……専属騎士の候補、ですか？」

オリーネの笑みが固まり、アサリアの口角がより一層上がった。

「ねえ、ラウロ？　今日から私のもとに来てくれるのでしょう？　待ちきれなくて迎えに来てしまったわ」

「……はい、アサリア様。ありがとうございます」

そう返事をした瞬間、オリーネが目を見開いてラウロを見てくる。

まさか平民街の運送店で働いているラウロが、公爵令嬢のアサリアと知り合いで、騎士にスカウトされているとは思わなかったのだろう。

「ア、アサリア様は、ラウロさんを専属騎士にしようと？」

「ええ、そうよ。たまたま彼と出会って、彼の身体の強さを見て、魔力を無意識に操っているのを知って、これはぜひ我が公爵家に欲しい人材だって思ったのよ」

「さ、さすがの慧眼《けいがん》です」

「ありがとう、オリーネ嬢」

とてもニコニコしているアサリアに、引き攣《つ》った笑みを浮かべているオリーネ。

（……どうやら仲が悪いようだな、このお二人は）

さすがにここまでの会話や態度を見て、理解したラウロだった。

「だけどごめんなさいね、オリーネ嬢」

「何がでしょうか？」

「あなたも今、ラウロのことをスカウトしていたようだけれど」

「っ……」

「そういえば少し聞こえてしまったんだけど、『私以上に良い待遇を用意出来る人なんているはずがない』と話していたわね？」

「あっ、その……！」

「出来ればどんな待遇を用意していたのか聞かせてもらえるかしら？　私はそれ以上の待遇を考えないと、ラウロが引き抜かれてしまうかもしれないから」

アサリアはとても楽しそうに、「まあそんな可能性は全くないけど」とでも言いたげな雰囲気だ。

「ちなみに私はすでに彼に家を買い与えているわ。私の専属騎士になるのだから、そこらの男爵の屋敷と同等かそれ以上の屋敷を。そこに彼の弟妹もすでに移っていて、楽しそうに暮らしているわ。使用人を三人ほどつけてね」

「そ、そこまでしてらっしゃるのですね」

「ええ、公爵令嬢の専属騎士になるのだから、これくらいの待遇は当然よ」

ラウロもすでにそこに住んでいるのだが、本当に変わりようがすごくて自分がこんな屋敷で生活していいのか不安になるくらいだ。

だがレオとレナがものすごく喜んで、暖かい布団で寝ているのを見ると幸せな気持ちになり、これから頑張らないとと決意を固めている。

「他にも給金はもちろん出すし、全く不自由ない暮らしをさせるつもりだけど。どうかしら？　オリーネ嬢は男爵令嬢の騎士、いえ、彼が聖騎士になったとしたら、これ以上の待遇を用意出来るのかしら？」

「……い、いえ、私には不可能かと思います」

「ふふっ、そう？　まあ難しいわよね。聖騎士というのはとても名誉な職だけど、良い待遇を用意出来るかというのは別の話だから」

アサリアがオリーネの方に歩いてきて、すれ違う時に小さな声でまた話しかける。

「ごめんなさいね。私がいなければ、ラウロはあなたの聖騎士になっただろうに」

「っ……い、いえ、アサリア様が謝ることではありません。アサリア様の騎士が決まったことは喜ばしいことだと思います」

「ふふっ、ありがとう。あなたに祝福されるのが何よりも……ええ、何よりも嬉しいわ」

ニコッと嗤ったアサリアはオリーネから離れた。

オリーネはアサリアが去っていった瞬間に、笑顔が崩れて歯を食いしばるような、悔しそうな表情をしていた。

◇　◇　◇

オリーネと楽しい楽しい会話を終えて、ラウロと話す。

「ラウロ、もう仕事は終わったかしら？」

「はい、アサリア様。俺の我儘《わがまま》に付き合ってくれてありがとうございます」

「本当よ、運送店の店主が支払ってなかった給金を私が丁寧に頼み込んで支払わせたのに、あなたはもう少し働きたいって言うからビックリしたわ」

「丁寧に頼み込む……？」

「何かしら？」

「いえ、なんでもないです」

店主さんには丁寧に頼み込んだわよ。

ただあちらが私の権力に身体を震わせて青ざめた顔をしていただけ。

「給金はしっかりもらえてなかったけど、店主のお陰で今まで生きてこられましたから」

「そう、ラウロは律儀な男ね」

まあそういうところは好感を覚えるけど。

「じゃあ行くわよ、ラウロ」

「はい、アサリア様」

「それじゃあ、オリーネ嬢。ご機嫌よう」

私は笑みを浮かべて、私達の様子を見ていたオリーネに別れの言葉を言った。

「ご機嫌よう、アサリア様」

オリーネが引き攣った笑みを浮かべながらそう言ったのを見届けて、私とラウロはその場から離れた。

ラウロを連れて馬車に乗り、運送店の前から移動する。

「はぁ……楽しかったわね、とっても」

私は思わず恍惚《こうこつ》の表情を浮かべ、心の底からの言葉が漏れた。

ラウロが今日で仕事を終えるから迎えに来たんだけど、本当に来てよかった！

まさか今日、オリーネがラウロをスカウトしに来るとは思わなかったわ。

ラウロがまだ仕事を続けたいと言った時は少しめんどくさいと思ったけど、本当に続けてくれていてよかった。

「ラウロ、あなたが律儀な男でよかったわ」

「はぁ、そうですか」

ラウロは豪華な馬車の中で落ち着かないのか、背もたれに身体を預けていなかった。

なんだかそういうところは少し可愛らしいわね。

「アサリア様は、あのディアヌ男爵令嬢がお嫌いなのですか？」

「……まあそうね」

あれほどバチバチにやりあっている感じを出したんだから、ラウロはすぐにわかったわよね。

「嫌い、大嫌いよ。本当に、死ぬほどね」

「そうですか。ああいう態度はあの人以外にはしないのですか？」

「うーん、あともう一人、あんな態度で接する人はいるわね。男性だけど」

ルイス皇太子とかいう浮気者がね。

「なんでそんなことを聞くの？」

「いや、それならよかった、と思って」

「よかった？　何がかしら？」

「レオとレナがよく失礼なことをアサリア様に言っていますが、嫌われないかなと思っていたんです。あと俺も我儘を言ってしまいましたし」

「弟妹さんはまだ幼いし、可愛いからいいのよ。あなたの我儘も別に問題ないわ、しかも今日あの女のいい顔が見られたから、むしろ我儘を言ってくれてよかったわ」

「それならよかったです。あれほどアサリア様に嫌われることがないよう、俺も弟妹達も気をつけるようにします」

「うーん、まあそこまで嫌うことはないと思うけどね」

私を嵌めて殺さない限りね。

そのまま私達は馬車に揺られ、ラウロが住んでいる家に着いた。

彼に用意した家は三人で住むには広すぎる家で、オリーネに言った通り、そこらの男爵家の屋敷と同等くらいの大きさだ。

公爵家の屋敷に比べたら小さいんだけど。

「送っていただきありがとうございます、アサリア様」

「明日からは正式に騎士として訓練しないといけないわよ、ラウロ。運送店での仕事よりも何倍もキツイと思うから、覚悟しておきなさい」

「はい、この屋敷をいただくに値する仕事をしたいと思います」

「ええ、頑張って。私の専属騎士になったらもっと大きな屋敷をあげるわ」

「もっと大きな……別にいらないですね」

「まあ、そうよね」

今でも弟妹二人とラウロが住むには大きすぎるくらいだろう。

「だけどもしかしたらあなたに恋人が出来て、結婚して家族が出来るかもしれないわよ？　そうなったら部屋とか足りないんじゃないかしら？」

「部屋数は余ってますけど。何人子供が出来れば埋まるんですかね」

「さぁ？　あっ、だけどあなた、恋人とか婚約者が出来るのはいいけど……絶対に！　絶対に浮気なんかしちゃダメよ！」

ラウロの顔を指差して、忠告しておく。

回帰する前の私がやられたことだから、絶対にそれは許さない。

「浮気をしたら、今日会ったオリーネ嬢と同じくらい嫌いになるから」

「っ、わかりました。浮気は死んでもしません」

「うん、それならよろしい」

ラウロはとても強く頷いてくれた。

給金をまともに払わなかった店主にすら律儀にお礼を言っていたラウロだ、彼なら浮気などしないだろう。

「じゃあね、ラウロ。騎士の訓練、頑張ってね」

「はい、アサリア様。精進いたします」

そしてラウロと別れて、馬車に乗って屋敷に向かった。

回帰する前に出会った最強の聖騎士を手に入れて、しかもオリーネの目の前でラウロを奪ってやった感じに出来て、本当に満足だわ。

ラウロもとってもいい男だし、弟妹のレオくんとレナちゃんも可愛いし。

「ふふっ、上手くいきすぎて逆に怖いわね」

日が暮れた外の景色を眺めながら、屋敷に戻った。

そして、その日の夜。

お父様と一緒に食堂で夕食を食べながら会話をしていた。

「アサリア、専属騎士に相応しい者を見つけたと言っていたが、本当にあの男で大丈夫か？　確かに魔力は平民にしては持っているようだが、戦いの訓練をしたことがないと聞いたが」

お父様に頼み込み、ラウロを騎士として育てて、ゆくゆくは私の専属騎士にすると言ったのだ。

結構無理のあるお願いだったが、お父様は不審に思いながらも受け入れてくれた。

「はい、大丈夫です。ラウロは天賦の才能があります。すぐに他の騎士よりも強くなり、私の専属騎士に相応しい強さを身につけるはずです」

回帰する前のラウロも、おそらくこの時期にオリーネにスカウトされて訓練を始めたはずだ。

いつ聖騎士に任命されたかは覚えてないが、それでも二年後には他の聖騎士候補を圧倒するほどの強さで、出身不明なのに聖騎士になったのだ。

すぐに強くなるだろう。

「そうか。ふむ、まあアサリアがそう言うなら私はいいのだが……」

「？　何かありましたか？」

「アサリアの魔法の訓練を始めるために、イヴァンが明日こちらに戻ってくる」

「っ、イヴァンお兄様が……」

やはり私に魔法を教えてくれるのは、今回もイヴァンお兄様のようだ。

ちょっとだけ身体が震えたけど、大丈夫、私は出来るわ、うん。

「訓練は騎士団の訓練場で行うと思うが、大丈夫か？」

「はい、もちろんです」

「うむ、イヴァンは厳しいが腕は確かだ。おそらくすでに私よりも強いから、アサリアの魔法もすぐ上達するだろう」

「は、はい、頑張ります」

「それと、専属騎士になるというラウロも同時に訓練させてやってはどうだ？」

「ラウロもですか？」

「ああ、今から訓練をしてどれだけ強くなるかはわからんが、アサリアの専属騎士になるのなら早く強くなった方がいいだろう」

「そうですね、それがいいと思います」

ラウロと訓練をするというのも楽しそうだ。

それに二人なら……イヴァンお兄様の厳しい訓練の負担が、少しは分散されるんじゃないかな、と思うから。


翌日、イヴァンお兄様が屋敷に戻ってきたのは、昼の十二時を過ぎた頃だった。

無骨だけどとても丈夫そうな馬車から降りてきたイヴァンお兄様を、屋敷の前で出迎えた。

スペンサー公爵家の血を引く証とも言える真っ赤な髪、男性にしては長めのサラサラとした髪を後ろでまとめている。

顔立ちは男性とは思えないくらい綺麗で、私と同じく目尻が上がっていて鋭い視線から鷹《たか》のような印象を受ける。

身長も高く、女性にしては背の高い私よりも頭一個分は大きい。ラウロと同じくらいかしら？

ガタイは魔法使いなのでいいわけじゃないけど、鍛えているから細いという印象は受けない。

身長が高くて顔立ちが整っているのに無表情でいることが多いから、とても威圧感を覚えるような雰囲気を醸《かも》し出している。

「おかえりなさいませ、イヴァンお兄様」

「……ああ」

イヴァンお兄様は私と視線を合わせ、無表情のままそう言った。

「アサリアが出迎えるとは、珍しいな」

お兄様と私は今まで、一緒に過ごしたことはほとんどない。

私は皇妃になるための勉強をしていて、お兄様は公爵家当主になるために魔獣と戦う術を身につけていたから、住む場所も分けられていた。

だから今まで私の悪い評判を人伝に聞いていて、私のことはそんなによく思ってないのだ。

回帰する前も訓練に付き合ってくれた時、「その性根を叩《たた》き直してやるぞ、アサリア」と言って……とても厳しく指導してくれた。

そのお陰で魔法が強くなり、婚約破棄されたショックから立ち直って、ルイス皇太子がクズ男だと気づいたのだけど。

それでもあれは厳しかったわね、本当に……。

「これからお兄様に訓練をしてもらうのですから、出迎えるのは当然かと」

「そうか。だが俺の訓練は甘くないぞ。訓練を怠って魔獣の前に出た時に死ぬのはお前だからな、アサリア」

「はい、もちろんです。ご指導ご鞭撻《べんたつ》のほどよろしくお願いします」

私がそう言って軽く頭を下げると、お兄様は少し驚いたように目を見開いた。

「……ふむ、覚悟は出来ているようだな。いい心掛けだ、訓練場に向かおうか」

「はい。それとお兄様、もう一人、訓練を一緒に受けさせて欲しい方がいまして」

「聞いている、お前の専属騎士候補のラウロという奴だろう」

「はい、そうです。訓練場ですでに他の騎士と一緒に訓練をしていると思いますが」

「ああ、騎士を育てるのは初めてだが、問題ないだろう。ではこのまま馬車に乗れ」

お兄様が乗ってきた馬車に一緒に乗り、訓練場に向かう。

はぁ、いよいよお兄様との訓練が始まるのね。

回帰する前とほとんど一緒の力を持っているから、少しでも訓練を軽くこなせるといいけど……。

馬車が訓練場に着き、お兄様と一緒に中に入った。

四大公爵家は皆を魔獣から守るために、結構な軍事力を持っている。

だからスペンサー公爵家の騎士団にも多くの騎士や魔法使いがいるし、訓練場も何個もある。

今日はそのうちの一つを使う。

訓練場に入ると、すでにラウロが訓練をしていた。

どうやら真剣を持って素振りをしているようだ。

私達が入ってきたことに気づかず、上段に構えてから振り下ろすという動作を繰り返している。

「あれがラウロか？」

「はい、そうです」

お兄様は歩くのをやめて、その場でラウロの素振りを見ている。

「ほう……なかなかだな。剣筋も良いし、魔力も悪くない。鍛えれば物になりそうだ」

ラウロの素振りを見ただけで、お兄様がそう呟いた。

お兄様にしては褒めている、というかベタ褒めだ。

だけどお兄様は、ラウロが今まで一生懸命訓練してきてあそこまで至った、と思っているだろう。

本当は……ラウロは昨日運送店の仕事を辞めて、今日から剣を握ったのよね？

それなのになんであんな素振りが様になっているのかしら？

お兄様は一つ頷いて、ラウロに近づいていく。

「おい、お前」

「っ？　どなたでしょうか？　騎士の方、ですか？」

ラウロはようやくお兄様に気づき、素振りをやめてそう問いかけた。

「俺はイヴァン・レル・スペンサーだ」

「っ、失礼しました、スペンサー公爵令息様」

「イヴァンでいい」

「わかりました、イヴァン様。俺はラウロです」

「……家名は？」

「ありません、平民なので」

「何？」

お兄様がラウロと会話をしていて、初めて表情を崩して眉を顰めた。

「……まあ実力があるなら問題ないが、平民ならどこで剣を習った？」

「習っていません、今日初めて剣を握りました」

「はっ？　嘘をつくな」

「嘘ではありませんが」

「……」

「……」

どちらも無表情で睨み合うような状態になってしまった。

多分二人とも睨んではないんだろうけど。

それにやっぱり二人とも身長は同じくらいなのね。

「イヴァンお兄様、ラウロの言っていることは本当です。昨日まで運送店で働いていて、剣を握るのは今日が初めてのはずです」

「……ではさっきの素振りはなんだ？」

「先ほど、他の騎士の方が素振りしているのを見たので、見様見真似で。自分でやりやすいように少し変えましたが……ダメでしたか？」

見様見真似で自己流に少し変えて、イヴァンお兄様ですら褒めるほどの素振りをしていたのね。

「……アサリア、こいつはなんだ？」

「天才です」

私に聞かれても、そう言うしかない。

騎士が束になっても勝てないくらい強くなることは知っていたけど、初日でここまでとは私も知らなかったから。

「ふむ、そうか。ラウロ、今日からお前を指導する。俺の訓練は厳しいが、かまわないな？」

「はい、よろしくお願いします。アサリア様も一緒に訓練をするのですか？」

「ああ、問題はあるか？」

「いえ、特にはありません」

「わかった。準備をするからアサリアとここで待ってろ」

お兄様は訓練場を出て準備室に向かったようだ。

「ラウロ、お兄様の訓練は本当に厳しいから、お互いに頑張りましょう」

「はい、アサリア様……顔色が悪いですが、大丈夫ですか？」

「ええ、大丈夫よ」

ちょっと思い出して気分が悪くなっただけだから。

「……アサリア様は今日、ズボンを穿いているんですね」

「まあそうね、さすがに訓練をするのにドレスは着ないわよ」

いつもの豪華で綺麗なドレスとかではなく、ズボンにシャツという動きやすい格好をしていた。

髪もいつもは纏《まと》めずに流しているけど、今日はお兄様のように纏めてポニーテールにしている。

「ドレス姿も綺麗でしたが、今日の服装もとても似合っていますね」

「……えっ？　そ、そう？」

「はい、髪を纏めているのもお綺麗です」

「あ、ありがとう」

まさかラウロに褒められるとは思っておらず、少し照れてしまった。

お茶会やパーティーで他の令嬢や殿方に褒められるのには慣れているけど、それは公爵令嬢である私に擦り寄ろうと褒めている意図があるし、社交辞令で言っているだけということもあるし、適当に愛想笑いをして受け止めている。

だけど平民であるラウロは社交辞令なんて言わないだろうし、ただ純粋に褒められてしまったから……ちょっとビックリしたわね。

「あなたも騎士団の服、似合ってるわよ」

「ありがとうございます」

「ええ、だけどそれで満足しちゃダメよ。私の専属になったらもっと良い服を着せてあげるからね」

「それなら早くもらえるように頑張ります」

「ええ、頑張って」

そんなことを話していると、お兄様が訓練場に戻ってきた。

お兄様の後ろには騎士の方が何人かいて、全員で何か布に包まれた大きな物を運んでいた。

そして私とラウロが横に並び、イヴァンお兄様が腕を組んで前に立つ。

ついに訓練が始まるようだ。

「よし、まずは今の実力を知りたい。アサリアは魔法を使えるのか？」

「はい、使えます」

「では一度全力で撃ってみろ。これに向かってな」

お兄様がそう言って騎士に持ってこさせた物の布を取ると、そこには大きな狼《おおかみ》型《がた》の魔獣の模型があった。確か土とかを魔法で固めた物だったはずだ。

「これに向かって撃て。危ないから少し離れてな」

「わかりました。壊してもいいんでしょうか？」

「まあ問題はない、硬いから壊れることはないと思うがな」

確かに回帰する前の訓練でも使ったけど、あれはなかなか硬かった覚えがある。

最初の頃は何回魔法を放っても壊れなかったわね。

「わかりました。では参ります」

私は魔力を収束させて、手の平を狼型の模型に向ける。

全力、回帰した後は初めて出すから、少し緊張するわね。

人の頭くらいの大きさの炎を出し、発射する。

当たった瞬間、大きな爆発音と共に模型が爆散した。

「……」

「どうでしょうか？」

「……アサリア、お前は今まで訓練をしてなかったんだよな？」

「えっと、そうですね」

回帰した後は全くしてないけど、前に二年間みっちりとやった。

回帰する前の実力は、全盛期を過ぎたお父様と同じか少し上くらいだった。

「ふむ、そうか……全力はわかった、魔力操作が十分に出来ているかも後で調べる。繊細な魔力操作が出来るまで人に向けて撃つなよ」

「わ、わかりました」

「ですがアサリア様、前に人に向けて撃ってましたよね」

「ちょ、ラウロ⁉」

私も「撃っちゃったなぁ」と思ってたけど、なんでお兄様に言うのよ！

「何？　本当か？　そいつは死んだのか？」

「い、いいえ、殺してません。ただ肩を炎で貫いて腕を落とすくらいに留めました」

「……本来なら全力で攻撃するよりも、そういった繊細な魔力操作の方が難しいはずなのだがな」

お兄様が私のことを訝《いぶか》しげに睨んでくる。

確かにその通りだし、回帰する前は繊細な魔力操作の訓練が一番苦労した。

「はぁ、まあいい。何があったかは知らんが、それほどの操作が出来ているなら悪くない」

「あ、ありがとうございます」

お、お兄様に褒められた！

回帰する前はほとんど褒められたことなかったから、嬉しいわね。

「……これ、俺が教えることがあるのか？」

お兄様が何か呟いたようだが、私の耳までは届かなかった。

◇　◇　◇

イヴァンが帰ってきてから、最初の訓練が終わった。

「今日はこれで終わりだ。アサリア、ラウロ、ご苦労だった」

「はぁ、はぁ……は、はい、お兄様……」

「ふぅ……ありがとうございました」

激しく息切れをしている方がアサリア、軽く息を吐いて落ち着いているのがラウロだ。

最初に二人の実力を見たイヴァンだが、想像以上に二人ともすでに仕上がっていた。

五十体くらいの魔獣の群れだったら、どちらも一人で対処できるくらいだろう。

ただやはり足りないものもある。

「アサリアは体力が圧倒的に足りない。魔力量も多く操作性も高いが、疲労で崩れることが多い。しっかり体力をつけていくんだ」

もともとアサリアは全く運動をしていなかったから、体力がないのは仕方ない。

だが魔獣の前で疲れて魔法の操作をミスしたら、それこそ命に関わる。

魔法使いだから騎士とかよりは体力をつけなくてもいいが、多少は必要だ。

「魔法とかは引き継いだみたいだけど、さすがに体力までは……二年前に戻っているんだし、魔法を引き継いでいるだけでも嬉しいんだけど……」

「何か言ったか？」

「いえ、なんでもありません……」

アサリアがブツブツと何か呟いていたが、特に気にしなかったイヴァン。

（しかし、まさかアサリアがここまで魔法が使えるとはな）

本来なら一日目だから、もっと魔法の基礎を教えることになると思っていた。

だがすでにアサリアは基礎は完璧で、応用もほとんど出来ている。

体力がなさすぎるのは問題だが、それさえクリアすればあとは実戦で鍛えるだけだろう。

（それに噂で聞いていた話とはずいぶん違うな）

兄と妹という関係だったが、アサリアとは今までほとんど交流がなかった。

小さな頃から住む場所も分けられ、会ったことはほとんどない。

ただ、まだアサリアが物心もついていないような頃。

その頃にイヴァンは、数日間ほどアサリアと一緒に遊び、食事をしたことがある。

アサリアは覚えていないだろうが……。

（あの時は、こんな可愛い生き物がいるのかと感動した覚えがあるな）

屈託なく笑うアサリアがとても可愛かった。

この天使のような子が自分の妹だというのが信じられなかった。

成長しても、天使は可愛らしさを保ったままだった。

しかしアサリアの悪い噂を度々聞くようになった。

容姿は天使のようだが、中身は小悪魔のようになったと聞いていた。

だが今日、久しぶりにアサリアと会って接してみたが、噂で聞いた話とはだいぶ違った。

自分と接する時はとても礼儀正しく、癇癪《かんしゃく》持ちとも聞いていたがそんな雰囲気は全くない。

訓練にもとても真面目に取り組んでいたし、どこが小悪魔になったのか。

容姿も中身も天使のままじゃないか、とイヴァンは心の中で思っていた。

「ふぅ……」

ようやく呼吸が落ち着いたのか、アサリアがタオルで軽く汗を拭いていた。

そんな姿も様になっていて、絵画にして部屋に飾っておきたいくらいだった。

「今日はありがとうございました、イヴァンお兄様」

「ああ、アサリアも初めてにしてはよく頑張ったな」

「はい、これからも頑張ります！」

ニコッと笑ったアサリア、イヴァンも一つ頷いた。

（うむ、俺の妹はやはり天使だな）

顔に出ないが――イヴァンは妹が大好きなシスコンであった。

これに気づいているのは母親くらいだろう。

「ラウロ、お前も今日の訓練は終わりだが、まだ騎士としての仕事は残っているだろう」

「はい、俺もまだあまりわかっていませんが、見回りなどがあるようです」

「ああ、訓練で疲労しているだろうが、それも騎士の仕事だ。気張れよ」

「はい、ありがとうございます」

ラウロは汗を軽く袖で拭いているだけで、そこまで疲れた様子はない。

これなら仕事に支障が出るということはないだろう。

「お前に足りないのは圧倒的な経験だ。実力はもうすでにそこらの騎士よりも強いだろうが、戦ったら負けるかもしれん。それが経験の差だ」

「はい、わかりました」

もうすでにイヴァンの目から見ても、熟練の騎士よりも強いと感じるほどだ。

(本当に化け物だな。今日初めて剣を握ったというが、今でも信じられん)

経験が足りないと言ったが、おそらくラウロなら常人が十回以上経験しないと身に付かないものを、一回経験すれば完璧に身に付けるだろう。

それだけの天賦の才能を持っていると感じた。

(確かアサリアがこいつを見つけたと言っていたが、どうやって見つけたのか。まあ天使だから見つけるのは容易いのかもしれないな)

大真面目にそんなことを考えているイヴァンだが、表には全く出ていなかった。

その後、イヴァンとアサリアは屋敷に戻り、夕食を父親のリエロと共に食べる。

とても久しぶりの三人での食事は、ほとんどがリエロとアサリアが話をしていて、イヴァンは話が振られたら答えるくらい。

「イヴァン、南の砦の様子はどうだ？　特に異常はないか？」

「はい、父上。魔獣の数も強さも特に変わってはおらず、このまま異常がなければ俺がいなくても問題ないかと思います。母上も砦にいらっしゃいますので」

「ふむ、そうだな。ああ、久しぶりにメリッサに会いたいな……私の方から砦に行くか、屋敷に戻ってきてもらうか、どうしようか……」

リエロが少しため息をついて、愛しい人を想って切なげに言った。

メリッサ・シュタ・スペンサー、リエロの妻、つまり公爵夫人である。

伯爵家から嫁いできたメリッサだが、リエロとメリッサは貴族では珍しい恋愛結婚だ。

特に公爵家の跡継ぎで恋愛結婚をしたリエロは、非常に珍しかった。

恋愛結婚が許されたのは、メリッサが伯爵家という中級貴族出身だったというのもあるが、本人が優秀だったからというのもあるだろう。

魔法もしっかり使えるのと、軍を動かして魔獣と戦うのがとても上手い。

魔獣の動きを先読みし、騎士や魔法使いの体力の消耗を最低限に抑えながら、砦を守り続けることが出来る。

それが出来たから、メリッサは公爵夫人として認められた。

「さすがに公爵家の者が全員砦からいなくなるのは難しいと思うので、お父様の方から砦に赴《おもむ》いてはいかがでしょうか？」

「おお、それがいいかもしれないな」

アサリアの言葉に、リエロが強く頷いた。

リエロが砦に行くとなると、おそらく屋敷での仕事はイヴァンが引き継いでやることになる。

（父上は母上と一緒にいて、俺は天使と一緒にいることが出来る……）

「父上、ぜひそうなさってください。母上も父上に会いたがっていました」

「おお、そうか、メリッサが……ふふっ、そうだな、私も屋敷で仕事ばかりじゃ身体も魔法も鈍る一方だ。久しぶりに魔獣の血を嗅ぎに行こうか」

「お父様とお母様なら全く問題ないかと思いますが、お気をつけて」

（よし、上手くいったな）

意外と策士のイヴァンであった。

夕食が終わり、父のリエロに呼ばれたイヴァン。

執務室に向かい、リエロと対面に座って一対一で話し始める。

「夕食時にも言った通り、私は砦に行く。メリッサに会いたいというのもあるが、やはり屋敷で仕事ばかりしていたら腕が鈍るからな。私とメリッサがいない間、こちらでの仕事は任せてもいいか？」

夕食の時の軽い提案とは違い、当主として真面目に問うリエロ。

「もちろんです。お任せください、父上」

「ふむ、イヴァンはすでに魔法の腕前は私より上だ。あとはこういった室内の仕事も経験していって、公爵家の次期当主として準備をしてくれ」

「はい、かしこまりました」

リエロが満足そうに頷き、少し柔らかい表情になって話す。

「今日帰ってきて、早速アサリアと一緒に訓練をしたんだろう？」

「はい、しました。アサリアが見つけたというラウロも一緒に」

「そうか、長旅で疲れていただろうにご苦労だった。二人はどうだった？　特に、アサリアが専属騎士にしたいというラウロはどうだった？」

ラウロのことを聞く時だけ、少し視線が鋭くなる。

やはり愛する娘が専属騎士にしたいと言ったとはいえ、騎士の経験もないただの平民が相手だ。

今回、イヴァンにラウロも見てくれと頼んだのは、ラウロを見極めてくれという意図もあったのだろう。

「率直に言いますと、二人とも天才でした」

「っ、ほう、イヴァンがそこまで言うとは珍しいな。アサリアは建国記念日パーティーで炎の魔法を操ったということを聞いていたが、ラウロという男もか？」

「はい、アサリアも才能が十分にありますが、ラウロはその比じゃありません」

イヴァンは二人の才能について詳しく話した。

特にラウロは剣を握って一日しか経ってないのに、すでに熟練の騎士よりも実力が高いことを。

「なんと、そこまでか。それならアサリアの専属騎士はもちろん任せられるが、アサリアはよくそれほどの人材を拾ってきたものだ」

「ええ、そうですね」

（さすが天使だ）

口には出さずに、心の中で称賛したイヴァンだった。

「私は明日すぐに砦に向かおうと思う。これからもあの二人が十分に育つまで、訓練を続けてやってくれ。もちろん屋敷での執務も忘れずにな」

「はい、かしこまりました」

「よし、では……ふふっ、メリッサに会うために今から準備をしなければな」

子煩悩で愛妻家でもあるリエロは、ウキウキ気分だった。

そんな父を見届けてから、イヴァンは執務室を出た。

（もうすでにあの二人に教えることはないのだが……まあ天使と一緒にいられるから、もうちょっと訓練をするか）

親子なだけあって、少し似通っているリエロとイヴァンだった。

ラウロが正式にスペンサー公爵家の騎士になり、一週間が経った。

一日目からスペンサー公爵家の令嬢と令息と訓練を始めて、それがもう一週間も続いていた。

今も訓練場で、公爵令息のイヴァンと対峙《たいじ》していた。

「では次、いくぞ」

「はい、お願いします」

数メートル先にイヴァンがいて、ラウロに手の平を向けている。

そして、炎の魔法が次々と撃ち出されていく。

一つ一つが人間に当たれば身体の一部を吹き飛ばすほどの威力、下手したら即死する攻撃だ。

しかしそれをラウロは剣で斬って、弾いて、その場から全く動かずに凌《しの》いでいく。

しばらくそれが続き、一撃も食らうことなく終わった。

「よし、悪くない。お前はアサリアの専属騎士になるのだから、どんな魔法攻撃が来ても後ろには逸らすな」

「はい、かしこまりました」

すでに専属騎士になるための訓練を始めているラウロ。

イヴァンも全力でラウロを鍛えている。

「斬って逸らすか弾き飛ばすか。間違っても避《よ》けたり後ろに逸らすな。それをするくらいならお前が攻撃に当たって死ね」

「はい」

かなり強い言葉を言われるが、全く動じないラウロ。

すでに公爵令嬢の専属騎士になるということが、どういうことか理解していた。

「……まあお前ならどんな攻撃が来ても後ろに逸らすこともないと思うし、たとえ身体で防いだところで魔力で強化しているから死にはしないだろう」

イヴァンはため息をつきながらそう言った。

褒めているようで、ラウロの強さに呆れている感じだ。

「ありがとうございます」

「もうお前に教えることは何もない。あとは経験を積んでいくだけ、つまり騎士として仕事をこなしていけば、もうお前に勝てるものなどそうそういないだろう」

「……そこまでですか？」

「……なるほど、お前はまだ自分の強さがわかっていないようだな」

ラウロはまだイヴァンとアサリアの魔法を防いだり、ただ地道に剣を振るうことしかしていない。

それがどれだけ凄いことなのか、まだよくわかっていないのだ。

「ではお前がどれだけ強いのか、他の騎士を呼んで試してやろう」

「はぁ、お願いします」

その後、訓練場に十人の騎士が集まった。

全員が熟練の者で、十年以上は公爵家の騎士として魔獣とも戦っている者達だ。

「これから模擬戦を始める。ラウロ、全員を相手にしろ」

「わかりました」

「イヴァン様、いいのですか？　こいつはまだ入団して一週間程度じゃ……」

「大丈夫だ、どうせお前らが負ける」

そう断言したイヴァンの言葉に、熟練の騎士達が少しムッとした。

だが公爵家の令息に反論することは出来ないので、否定したければ実力で示すしかない。

「では私から……」

「何を言ってるんだ。お前ら十人、一斉にそいつと戦えと言ったんだ」

「はっ？　ま、まさか、本気ですか？」

「本気だ。早くやれ」

さすがに驚いて、ラウロのことを見る騎士達。

ラウロは特に驚いた様子もなく、ただ剣を構える。

「……始めましょう」

その言葉と共に臨戦態勢に入ったラウロ。

瞬間、熟練騎士達も肌で感じた。

ラウロという青年から、全員が協力しても勝てないような魔獣のような威圧感を。

そして、数分後。

ラウロ一人がその場に立ち、熟練騎士達が地面に伏せている光景があった。

熟練騎士全員がキツめの一撃をくらい、ラウロには攻撃が掠《かす》ってすらいない。

全て受け止め、弾いた。

「終わりました、イヴァン様」

「……ああ、どうだった？」

「……失礼かもしれませんが、特に苦戦はしませんでした」

「だろうな。十人を相手に攻撃を避けないなんて、よくぞやってのけたものだ」

「イヴァン様が避けるなとおっしゃったのでは？」

「そうだが……まあいい」

後ろにアサリアがいたとしても、熟練騎士を十人相手にして、攻撃を全部受け止め弾いて倒すなど常人には不可能だ。

普通なら勝つことすら不可能に近いのに。

「実際にアサリアが後ろにいる時にこんな人数に囲まれたら、まずアサリアの身を第一に考えて逃げることを優先しろよ」

「わかりました。ですがアサリア様が戦うことに積極的でしたらどうしますか？」

普通の令嬢なら怖がって逃げるはずだが、アサリアはそこらの令嬢とは違う。

実際、前にピッドル男爵が魔法で暴れた時には恐れずに前に出て、簡単に制圧していた。

「……確かにありえるな。その場合は適宜応戦しろ」

「わかりました」

「だが絶対に――アサリアに傷一つ負わせるなよ。傷一つでもつけたら、わかってるな？」

「……はい」

イヴァンが睨むように言ってきた言葉に、ラウロは強く頷いた。

ラウロはまだ一週間ほどしかイヴァンと接していないが、彼がアサリアのことを大事にしているのがとてもよくわかった。

やはり妹というのは大事なのだろう、ラウロも弟妹が自分の命よりも大事だ。

「先ほども言ったが、もう私が教えることはなくなった。あとは場数を経験すれば良いだけ、アサリアの専属騎士としてな。俺とアサリアが推薦すれば、騎士として全く働いた経験がなくても問題はないだろう」

「はい、ありがとうございます」

「それと最後に、一つ聞くぞ」

「なんでしょうか」

いつも無表情なイヴァンだが、いつもより真剣な鋭い目でラウロに問いかける。

「お前は、アサリアのために死ねるか？」

「っ……」

「アサリアが危険に晒された時、命を懸けて守るのが専属騎士の役割だ。お前がどれほど強くても、アサリアのために命を懸ける覚悟がなければ、俺は絶対にお前を妹の専属騎士に推薦するつもりはない」

ラウロの覚悟を見極めるため、イヴァンは鋭い目でラウロと視線を交わす。

「どうだ？　お前にとって、アサリアは命を懸けられる相手か？」

ラウロはその問いかけに対して、すでに答えを持っていた。

「イヴァン様、俺はもちろん――」

訓練が終わり、ラウロは訓練場から歩いて家へと帰る。

アサリアが用意してくれた家は騎士団の本部や訓練場からとても近く、歩いて数分程度だった。

スペンサー公爵家の屋敷とも近く、アサリアの専属騎士になってもレオとレナがいる家に帰れるようにしてくれたのだろう。

家に近づくと、その前に馬車が止まっているのが見えた。

とても豪華な馬車で、ラウロは何度か見たことがある馬車だった。

家の中に入ると、初老の男性の使用人がラウロに近づいてきた。

「お帰りなさいませ、ラウロ様」

「……はい、ただいま帰りました」

「ラウロ様、何度も申していますが、私達使用人に敬語は必要ありませんよ」

「……すみません、まだ慣れないので」

「レオ様やレナ様のように私達に接して頂いていいのですよ」

「いや、あいつらは少し恐れ知らずなところがあって」

「ふふっ、そうですね。今も恐れなんて全く抱かず、あの方と遊んでおられますよ」

「……」

やっぱりか、とラウロは思いながら、三人がいる中庭へと向かう。

アサリアはこの家を用意してくれる時に、

『子供が遊べる場所があった方がいいから、中庭は広い方がいいわよね。あの二人はずっと狭い家で留守番していたから、その分遊んでもらわないと』

と言って、中庭が大きな家を探してくれた。

ラウロが中庭に行くと、レオとレナ、それにアサリアが遊んでいた。

「アサリア様、もう一回やろ！　次は俺が勝つから！」

「私も私も！　アサリア様、もう一回！」

「ふふっ、もちろんいいわよ」

レオとレナは前からでは考えられないほど良い服を着ながらも、汗だくで遊んでいる。

アサリアは今日は控えめなドレスで、大きめの帽子を被っていた。

レオとレナがアサリアから離れると、アサリアが指をくるっと回して魔法を発動した。

するとアサリアの前に犬の形をした炎が出てくる。

「さっきと同じ、この犬に持ってるタオルを噛《か》まれたら負けよ」

「うん！」

「次こそ勝つから！」

そして遊びがまた始まったようだ。

キャッキャと騒いで炎の犬から逃げて遊ぶレオとレナ、その様子を微笑ましそうに見るアサリア。

まだラウロが帰ってきたことに気づいていないようだ。

ラウロはアサリアのとても優しげに微笑む横顔を見つめる。

風で真っ赤な髪が揺れて、アサリアは炎を操ってない方の手で髪を耳にかきあげた。

（……綺麗だ）

ラウロは素直にそう思った。

思えば、初めて出会ったあの瞬間から、見惚《みと》れていたかもしれない。

ラウロがピッドル男爵に絡まれて、顔をもう一度殴られそうになった時。

『その男、もうやめなさい！』

アサリアがそう言い放って、人混みの中から出てきた。

人だかりが出来て注目されていたが、誰も助けてくれなかった。

平民なら貴族に絡まれてもしょうがないし、男爵に逆らっても何もいいことはないから、それは当然だろう。

誰も助けてくれない、自分でなんとかしなきゃというところでアサリアが現れた。

容姿に見惚れて、さらには男爵とのやり取りで圧倒的な強さ、気高さに惚《ほ》れた。

その後、なぜか自分の才能を見抜いたと言って、スカウトをしてきたのは驚いた。

騙されているのではと思いすぐには返事出来ないと言うと、自分の汚い家に直接来てまで熱烈に誘ってくれた。

誘ってくれている最中、

『人生、楽しまないと損よ』

という言葉が、ラウロの中で響いた。

アサリアの言葉の中でも、一番気持ちがこもっていた気がした。

捨て子で小さな頃から生きることに必死で、楽しいことはなかった。

レオとレナを拾ってからは二人と接することが癒しではあったが、人生を楽しんでいるかと言われると少し違った。

あのままでは自分は人生を楽しめず、そしてレオとレナも自分と同じように楽しめずに、大人になっていただろう。

（まだ俺は、人生の楽しみを見つけられてはいないかもしれないけど……）

レオとレナが楽しそうに遊んでいるのを見て、思わず口角が上がった。

（二人が楽しく遊んでいるというだけで、ここまで幸せな気持ちになるというのは、初めて知った。それに……）

もう一度、アサリアのことを見つめる。

自分の人生を、そしてレオとレナの人生を変えてくれた恩人。

彼女の方に歩き出すと、足音でラウロのことに気づいたアサリア。

一瞬だけ目を見開くアサリア、だがすぐにニコッと笑った。

その笑みを見た瞬間、ラウロは心臓が高鳴ったのを感じた。

「あら、ラウロ。帰っていたのね」

「っ……はい、ただいま帰りました」

「お疲れ様。見ればわかると思うけど、レオくんとレナちゃんと遊んでいるわ。あの犬の炎は二人が持っている不燃性のタオルを嚙むだけだから安全よ」

「はい、わかっています。レオとレナと遊んでくださってありがとうございます」

「私が楽しいから遊んでいるだけよ。むしろお礼を言いたいのは私の方よ、あの二人と遊ぶとすごく癒されるわ」

「それなら何よりです」

「それにあの炎の犬を操るのも訓練になるから」

確かにあの形を維持しながら操るのはなかなか大変だろう。

すでにイヴァンから「もうお前に教えることは特にない、あとは体力をつけるだけだ」と言われているアサリアは、訓練場に行かずに屋敷で運動をして鍛えている。

息抜きにここに来て、レオとレナと遊んで癒されているのだ。

「ラウロ、お兄様との訓練はどうだった？」

「そのことですが、無事にイヴァン様からアサリア様の専属騎士への推薦をいただきました」

「えっ？　もう？　まだ訓練始めて一週間よね、あなた」

「はい、そうです」

「……やっぱりラウロって天才ね。私の目は正しかったわ。いや、だけど本当にすごいのは特に情報もなく見抜いたあの女ってことに……それはなんか嫌ね」

「どうかしましたか？」

「いえ、なんでもないわ」

何を言っているのかわからなかったが、アサリアが話を続ける。

「じゃあこれで正式に私の専属騎士になれるのね。さっそく明日から私の警護を頼むわ。特にどこか危ないところに行くというわけじゃないけど、それが仕事だから」

「はい、わかりました」

その後、一時間ほどアサリアはレオとレナと遊び続けた。

日も暮れ始めたので、アサリアは屋敷に戻ることに。

「えー、もっと遊びたい！」

「私も！　まだアサリア様の犬に勝ってないし！」

レオとレナは残念がって我儘を言うが、それもアサリアは穏やかな笑みを浮かべて許してくれる。

「ふふっ、またすぐに来るから、それまでにいっぱい美味しいもの食べて、体力つけておくのよ」

「うん！　ここに来てすごい美味しい料理がいっぱい食べられて、すごい嬉しい！」

「料理人のおじさんがすごいんだよ！　今度アサリア様も一緒に食べよ！」

「ええ、そうね。今度ご招待にあずかるわ」

二人の頭を撫でるアサリア、それを嬉しそうに受け入れるレオとレナ。

別れを惜しみながら弟妹の二人と別れ、ラウロとアサリアは馬車に乗り込んで屋敷へと向かう。

「別にあなたは来なくてもよかったのに」

「いえ、専属騎士になりますので」

「そう、やっぱりラウロは真面目ね。毎日私の警護をすることになると思うけど、あの子達と一緒に夕食を食べられるくらいの時間には仕事は終わると思うから」

「はい、お気遣いありがとうございます」

アサリアの側でずっと警護することになり、弟妹《ていまい》との時間を取れるのか少し不安だったが、それも考えてくれていたようだ。

（やはり、この人についてきてよかった）

心の底から強くそう思ったラウロ。

屋敷に着き、ラウロが先に馬車から降りてアサリアに手を差し伸べる。

「ありがとう、ラウロ」

「いえ」

アサリアがラウロの手を取り、馬車を降りた。

自分と比べるととても小さくて、柔らかくて温かい手。

美しい手だが、この指をくるっと回すだけで人を簡単に殺すような炎が出せるなんて、実際に見ないと信じなかっただろう。

「？　ラウロ、どうしたの？」

ラウロが手を離さずにいたので、アサリアが首を傾げてそう言った。

ラウロは訓練場でイヴァンと話した時のことを思い出す。

『お前にとって、アサリアは命を懸けられる相手か？』

イヴァンの問いに、すぐに答えを返した。

その時の言葉を、ここでもう一度アサリアに誓う。

ラウロはおもむろに跪《ひざまず》き、アサリアを見上げる。

「アサリア様、忠誠を誓わせていただきます」

「えっ？」

不思議そうにするアサリアを視界に入れながら、ラウロは誓う。

「私、ラウロはたとえアサリア・ジル・スペンサー様の歩むその道にどんな苦難や逆境が訪れようと、この身命を賭してあなた様をお護りすることを誓います」

強く自分の心にそう誓って、アサリアの手の甲に唇を落とした。

（俺の中ではすでに……彼女はレオとレナと同様か、それ以上に――イヴァン様に言われたからではなく、俺自身のために、アサリア様を護り続ける）

手の甲から唇を離してからアサリアを見上げると、彼女は少し頬を赤らめて目を見開いていた。

「っ……ラウロ、あなたの忠誠を嬉しく思うわ。これから私の専属騎士として、期待しているわ」

「はい、ご期待に添えるよう精進いたします」

こうして、ラウロは公爵令嬢のアサリアの専属騎士となった。

第2章　専属騎士の強さ

ラウロが私の専属騎士になり、数日が経った。

彼はスペンサー公爵家に来て一週間、そんな短い期間でイヴァンお兄様に認められるほど強くなった。

回帰する前にオリーネの聖騎士として活躍していたのを知っていたから、ラウロを見つけた瞬間に雇うことが出来たわ。

そこは本当にオリーネに感謝しないとね、ふふっ。

だけど私の専属騎士になるには数ヵ月はかかると思ったけど、まさか一週間とは……天才という言葉じゃ収まりきらないわね。

そしてそんな天才のラウロが、専属騎士としての服に着替え終わって出てきた。

「どうでしょうか、アサリア様」

黒を基調にした騎士の服、その上でスペンサー公爵家の私を護るということで、真っ赤な刺繍《ししゅう》などが入っている。

そして胸元には私がプレゼントした赤色の宝石と金の装飾が施された綺麗《きれい》なブローチ。

「うん、いいわね。とても似合ってるわ」

「ありがとうございます」

ラウロは身長が高くて顔も小さいから、とてもスタイルがいい。

まだ少し細い印象を受けるけど、これからしっかり食べていけばさらにカッコよくなるだろう。

……前にラウロが私の手を取って誓いを立てた時は、少しドキドキしたわね。

私は回帰する前、二十歳まで生きて婚約者もいたけど、男性とデートしたことなどは全くない。

婚約者はいたけどあのルイス皇太子は、堂々と浮気をするような人だ。

あの人と二人でお茶などをしたことがあるが、楽しいものではなかったし、オリーネとの浮気を諫《いさ》めようとしても邪険にされるだけだった。

婚約破棄をされた後は「皇太子に捨てられた令嬢」と噂《うわさ》されて荒れていたから、男性とお近づきになる機会も全くなかった。

だから手の甲にキスされるという経験も一度もなかったので……あの時はドキドキしてしまった。

い、いけない、これからずっとラウロが私の後ろにつくんだから、そういう意識はしないようにしないと。

「アサリア様、どうかしましたか？」

「いえ、なんでもないわ」

一度落ち着いて深呼吸をして、ラウロと会話をする。

「今日はこれからお茶会に行く予定があるから、一緒に行くわよ」

「かしこまりました」

最近は私も訓練とか運動をしていたから、久しぶりのお茶会への出席だ。

騎士や使用人を連れて行く人も多いし、ラウロを連れて行っても何も問題はないだろう。

そして数時間後、私はお茶会を楽しんでいた。

今日はとある侯爵家が開いたパーティーで、家の庭でお茶やお菓子を食べながら話している感じだ。

庭にある数々のテーブルの中でも一番綺麗な席に案内され、そこに座ってお茶やお菓子を楽しんでいる。

周りにはいつも通り、取り巻きの令嬢達が何人かテーブルを囲んで座っている。

「んっ、とても美味しいわ」

「ふふっ、それはよかったです、アサリア様」

招待してくれた侯爵家のダリア嬢が、私の食べる姿を見てニコニコと笑っている。

まだまだこの世には私が知らない美味しいお菓子があるのね。

思わず頬が緩んでしまったのだが、後ろで控えているラウロが少し身じろぎをしたのが見えた。

「ラウロ、どうしたの？」

「……いえ、なんでもありません」

なぜか顔が赤かったけど、すぐに平静を取り戻したかのようにいつもの無表情に戻った。

「アサリア様、ずっと気になっていたのですが、その方は騎士の方ですか？」

ダリア嬢からそんな質問を受ける。

「ええ、そうよ。つい先日、私の専属騎士にしたの」

私の後ろで剣を携えて立っていて、私の騎士じゃなかったら少し怖いけど。

「まあ、そうなのですね！　アサリア様の専属騎士に任命されるなんて、とてもお強くて素敵なお方なのでしょうね」

「初めて見るお方ですが、どこの貴族家の方なのでしょうか？」

令嬢達が少しキラキラした目でラウロを見ていた。

確かにラウロはカッコいいし、どこかの貴族の令息とかに見えるわよね。

「ラウロ、ご挨拶をして」

「……はい」

後ろに控えていたラウロが一歩だけ前に出て、綺麗にお辞儀をする。

「アサリア・ジル・スペンサー公爵令嬢の専属騎士のラウロです。以後お見知り置きを」

「ラウロ様？　家名はなんとおっしゃるのでしょうか？」

「ありません、平民出身ですので」

「えっ？　へ、平民の方なのですね……」

令嬢達が目を見開き驚いて、チラチラと私の方を見てくる。

まあ言いたいことはわかるわ、どうせ「平民出身の男を専属騎士なんかにして大丈夫なのか」ということでしょうね。

普通だったら公爵令嬢ともなれば、貴族の騎士を雇うことが多いだろう。

回帰する前、聖女オリーネもラウロを聖騎士にする時は、彼の出生などが明かされていなかったのでとても反感を買っていた。

ただラウロは実力がそこらの騎士とは比べ物にならないほど強い。

「彼は平民出身だけど、とても強いのよ。私の専属騎士は、ラウロ以外ありえないわ」

私が自信を持ってそう言った瞬間、隣に立っているラウロがまた身じろぎをした気がするけど、気のせいかしら？

「まあ、とても信頼してらっしゃるのですね」

「ええ、もちろん」

令嬢達がラウロの顔を見て、どこか微笑ましそうにしている。

なんでだろう、と思ってラウロの顔を見上げたが、そっぽを向いていて表情は見えなかった。

「まあ、アサリア様、今の話は本当ですの？」

そんな少し小馬鹿にしたような言葉が、私の後ろの方から聞こえてきた。

振り向くとそこには何人かの取り巻きに囲まれている令嬢がいた。

あの令嬢は確かアークラ侯爵家のエイラ嬢だったかしら？

最近は手がけている事業なども調子がよく、侯爵家の中でも抜きん出た存在になっていると聞いていた。

エイラ嬢が着ているドレスや身につけている装飾品も高価な物ばかりで、アークラ侯爵家が他の貴族より頭一つ抜けていると言っているかのようだ。

確かに侯爵家の中では力をつけているようだけど、四大公爵家には遠く及ばない家門ね。

周りにも私と同じように取り巻きがいるようで……あら？

エイラ嬢の後ろにいるの、オリーネじゃない。

今日は前のお茶会とは違って最初の方に挨拶をしに来たけど、あちらの取り巻きにいるのね。

まあ彼女は一番爵位が低い男爵令嬢だし、中級貴族の中では一番爵位が上の侯爵令嬢の取り巻きになれていること自体が、多少はすごいことだわ。

取り巻きになるのを許すにも貴族は家門を重要視するし、私の取り巻きも中級貴族の伯爵家や侯爵家の令嬢しかいない。

「エイラ嬢、今の話って何かしら？　お菓子が美味しいって話？」

「いいえ、失礼ながら話が聞こえてきてしまったのですが、その専属騎士の方、平民出身の方なのですね」

「ええ、それが何か？」

愛想笑いをしながらそう問いかける。

エイラ嬢は同じように愛想笑い、だけど少し挑発するかのような笑みを浮かべた。

「まさかスペンサー公爵家のご令嬢が、平民を専属騎士にするなんて、と思いまして」

その言葉で周りがザワッとなり、私は笑みを浮かべたままエイラ嬢を睨《にら》む。

「あら、それはスペンサー公爵家への侮辱と捉えてもいいのかしら？」

「いえ、そのようなことは。ただ由緒あるスペンサー公爵家が、そんなご決断をするとは思いませんでした。普通ならば貴族の家門の騎士を選ぶはずでは？」

どこからどう聞いても侮辱のようにしか聞こえないけど？

私は立ち上がり、エイラ嬢と視線を交わす。

「エイラ嬢、あなたはスペンサー公爵家の私の決断に、口出し出来るような立場ではないわ」

「っ……」

私が強くそう言うと、さすがに言葉を詰まらせるエイラ嬢。

「四大公爵家のスペンサー公爵家の令嬢が、あなたの意見を聞かないといけない理由は何かしら？その理由を教えてもらえる？」

「い、いいえ、意見を言っているわけでは……」

「では何かしら？　意見じゃないのなら、スペンサー公爵家への侮辱と捉えるしかないのだけれど」

「っ……」

少し焦った表情をしたエイラ嬢だが、隣にいるオリーネを一瞬だけチラッと見てから、また作り笑いをする。

「わ、私はアサリア様を心配していたのです」

「心配？」

「ええ、何やら噂に聞くと、その平民の騎士は一週間ほど前まで街の運送店で働いていて、騎士として全く働いた経験がないと。そんな騎士に四大公爵家の令嬢の専属騎士など任せてもいいのか、と思ったのです」

「……」

なるほど、上手く躱《かわ》したわね。

それにエイラ嬢の言葉に、聞いている令嬢達がザワザワとし始めた。

まだ一週間しか経ってない平民出身の騎士が、公爵家の令嬢の専属騎士になるというのは、さすがに少し反発があるだろう。

公爵令嬢である私に直接何か言ってくる人はそうそういないだろうけど、「平民出身の騎士を、しかも騎士になって一週間しか経ってない者を専属騎士にした」という話は広まるだろう。

そしてそれは悪い噂になって広まってしまう可能性が高い。

エイラ嬢は、ラウロが一週間前まで街の運送店で働いていたという噂を聞いた、と言っていた。

そのことを知る人は、私の家族と……そこにいるオリーネ以外にはいない。

目配せもしていたし、直接オリーネに聞いたのだろう。

「ご心配感謝するわ、エイラ嬢。だけど大丈夫、ラウロはとても強いから」

「ですがまともに騎士の訓練を積んでこなかった平民が、一週間で公爵家の専属騎士になれるほど強くなるなんて思えませんわ。それよりも、その殿方はとても容姿が優れていらっしゃるので……アサリア様が皇太子と婚約しているとはいえ、少し疑ってしまいますわ」

焦ったような笑みではなく、余裕を取り戻したかのような笑みを浮かべるエイラ嬢。

今の言葉だと、私が婚約者がいる身で、気に入った男を実力がないけど側にいさせるために専属騎士にした、という風に聞こえるわね。

まさかエイラ嬢がここまで喧嘩《けんか》を売ってくるとは思わなかったわ。

侯爵家の中で抜きん出ているから調子に乗ったのかしら？

それにエイラ嬢の言い回しなどが、なんとなくオリーネに指示されて言ったかのようだ。

私が皇太子に「婚約者がいるのに他の女性と触れ合うなんて」と言ったから、その仕返しのように感じる。

いや、実際そうなのだろう。

「確かにラウロは容姿が優れているわ。スタイルが良くて顔立ちも整っているもの」

またラウロが後ろで身じろぎした気がするけど、今はそれを気にしている場合じゃない。

「だけどそれ以上に、騎士としての実力があるのよ」

「騎士になって一週間しか経ってない平民が、ですか？」

「ええ、そうよ。それなら今から証明してみましょうか」

「証明？　どうやってですか？」

「それはもちろん、決闘で」

ニヤッと笑うと、エイラ嬢が引き攣《つ》った笑みを浮かべる。

私の笑みは悪女っぽいから、少し怖がらせてしまったかしら？　まあ今さらね。

「け、決闘ですか？」

「ええ、そこまで言うのですから、あなたにも専属騎士がいるのでは？」

「はい、私は三人ほど専属騎士として雇っております」

「まあ、素晴らしいわね。ではその三人の専属騎士と、私の専属騎士、戦えばすぐに決着がつきますよ」

私の提案に、エイラ嬢は呆《あき》れるように苦笑いをする。

「私の専属騎士は全員貴族で小さな頃から英才教育を施され、十数年の経験を積んできた熟練の騎士ですよ？　本当にいいのですか？」

「ええ、もちろん」

「っ……」

私の余裕綽《しゃく》々《しゃく》な態度に、エイラ嬢は少したじろいだ。

エイラ嬢はチラッと隣にいるオリーネを見た。

その視線は「本当に大丈夫なの？」と確認しているかのようだ。

オリーネは「大丈夫です」と言うように頷《うなず》いた。

「……わかりました。私の専属騎士は馬車の方で待っているので、一人呼んできます」

「一人？　いいえ、三人全員呼んできなさい」

「えっ？」

「私の専属騎士とあなたの専属騎士、どちらが優れているかの戦いでしょう？　そちらが三人いるなら、三人で戦わないと意味ないじゃない」

「っ……本気ですか？」

「もちろん、早く呼んできなさい」

私がそう言うと、エイラ嬢は再び引き攣った笑みを浮かべる。

それは私の自信満々な態度に怖気付いた笑みなのか、自分の専属騎士が舐《な》められたことにイラついた笑みなのか。

どちらにしても、やることは変わらない。

エイラ嬢はもう一度、オリーネの方をチラッと見た。

オリーネも少し気後れしているようだが、それでも頷いていた。

「わ、わかりました。ではすぐに呼んできますので、少々お待ちを」

エイラ嬢が取り巻きの令嬢達に目配せすると、その令嬢の使用人達が呼びに行ったようだ。

エイラ嬢達に背を向けて、座っていたテーブルに戻る。

「ダリア嬢、お騒がせして申し訳ありません。このお詫《わ》びはいずれ必ず」

「いえ、エイラ嬢が仕掛けてきたことです、アサリア様が謝る必要はありません」

「そう言ってくださると助かるわ」

「この庭を抜けたところに開けた場所があるので、決闘ならそこで出来ると思います」

「ありがとう」

そういえば場所を考えてなかった。お茶会の会場である中庭でやるわけにはいかないものね。

「しかしアサリア様、その、本当に大丈夫でしょうか？　エイラ嬢は専属騎士が三人いるということですが……」

周りにいる令嬢達も、私を心配そうに見つめていた。

さすがに私の取り巻きの中でも、私の専属騎士が負けると思っている方が多そうね。

騎士になって一週間しか経ってない平民を専属騎士にしている、という話を私が否定しないのだから、仕方ないわね。

普通だったら私の騎士の方が負けると思ってしまう。

「大丈夫よ、私のラウロは最強だから」

ダリア嬢達を安心させるように、私は笑みを浮かべてそう言い切った。

そしてラウロを見ると、彼の表情はいつも通り何も変わらなかった。

「ラウロ、話はわかってるわよね？」

「はい、もちろんです。俺のせいで面倒なことになってしまい、申し訳ありません」

「いいえ、全く問題ないわ。むしろ楽しい行事が増えたみたいで嬉《うれ》しいわよ」

「それならよかったです」

ラウロは何も気負っている様子はない。

彼にとっては熟練騎士三人と戦うことなど、緊張することでも何でもないのだろう。

というかラウロが緊張している様子なんて見たことがないけど……。

「ラウロ、あなたの力を見せつけなさい」

「はい、かしこまりました」

ラウロはそう言って、綺麗なお辞儀をした。


そして数分後、ダリア嬢に案内してもらった場所で、ラウロと三人の騎士が対峙《たいじ》していた。

周りには私やエイラ嬢以外に、今回のお茶会に参加している令嬢のほとんどが見に来ていた。

三人の騎士はラウロと比べ、少し年齢がいっていて三十歳くらい。

身体能力もまだ落ちていない、騎士としての経験が豊富な年頃だろう。

……そういえば、ラウロって何歳なのかしら？

私と同い年か、それかお兄様と同じくらい？

見た目的に、私とそこまで年齢が離れていることはないだろう。

お茶会が終わったら聞いてみようかしら。

「アサリア様、本当に宜しいのですか？」

エイラ嬢が少しニヤついた顔でそう聞いてきた。

横にいるオリーネもどこかニヤついた顔をしている。

さっきからオリーネは私の前で喋《しゃべ》ってないのに、いちいち目に入ってきてイラつくわね。

「もちろん、さっさと始めて終わらせましょう」

「……ええ、そうですね」

開始の合図をやってくれるのはダリア嬢。本当に迷惑をかけてしまっているわ、あとで絶対にお礼をしないと。

「では、始めてください」

その言葉と共に、まず動いたのはエイラ嬢の三人の騎士。

ラウロの周りを囲むように移動して、木剣を構える。

対してラウロは動かず、ただ目の前にいる一人の騎士を睨んでいるだけ。

そして周りを囲んだ騎士達が、同時にラウロに攻撃を仕掛けた。

瞬間――ほとんど勝負が決まった。

「ぐはっ⁉」

ラウロは騎士達が攻撃する直前に一歩だけ前に出て、正面にいる騎士のお腹に蹴りを放って吹き飛ばした。

横と後ろから切りかかってくる騎士。

後ろの騎士に向かって片手で持っている木剣を振るう。正確に顎に当てた一撃でその騎士は声を発することもなく気絶して倒れた。

そして横から切りかかってきた騎士の木剣を握っている両手を、片手で止めた。

「なっ⁉」

両手で切りかかったのに片手で止められた騎士は驚きの声を上げる。

次の瞬間には、ラウロが木剣の柄の部分を騎士のこめかみに打ち込み、その騎士は沈んでいった。

「……えっ？」

一瞬で終わった勝負、その結果を見て、エイラ嬢が小さく呟《つぶや》いたのが聞こえた。

周りもようやくその光景を認識したのか、騒めき始めた。

一瞬で三人の騎士を倒したので、ほとんどの令嬢には何が起こったのか見えなかっただろう。

動体視力を鍛えている私ですらギリギリ見えたくらいだ。

本当に速いし、強いわね。

「エイラ嬢、終わったようね」

「なっ、えっ……⁉」

エイラ嬢は自分の騎士が倒された瞬間が見えなかったのか、目の前に広がる光景が全く信じられていない様子。

一人は数メートル吹き飛び、あとの二人はラウロの側で地面に転がっている。

「どうかしら？　私の騎士はとても強いでしょう？」

私が笑みを浮かべてそう言っても、まだ声が届いていないようで、目を見開いていた。

「そ、そんな、どうして……あの方は平民で、しかも一週間しか経ってないんじゃ……！」

震えた声でそんなことを呟いているエイラ嬢。

そして、キッと隣にいるオリーネを睨んだ。

オリーネも目の前の光景が信じられなかったようで目を見開いていたが、エイラ嬢に睨まれてビクッとした。

「オリーネ嬢、どういうことですの？」

「わ、私も、訳がわからず……！」

「あなた、もしかして私に嘘《うそ》をついたのかしら？」

「い、いえ！　嘘など決してついていません！」

「だったらあの騎士の方の強さは何なの⁉」

あらあら、仲間割れかしら？

おそらく、調子がいい侯爵家のエイラ嬢に気に入られたかったオリーネが、私の弱みだと思ってラウロの情報を流したようね。

それを聞いたエイラ嬢が私にそのことで絡んできたようだけど、残念。

ラウロは一週間で、そこらの騎士よりも強くなりすぎた。

オリーネもまさかそこまで強くなるとは思わなかったのだろう。

回帰する前は自分の聖騎士だったラウロに、まんまと嵌《は》められたような感じだ……ふふっ、とても愉快ね。

「エイラ嬢？」

「っ、アサリア様……！」

ようやく私の声に気づいたようで、真っ青な顔で視線を合わせてくれた。

「どうかしら？　私の専属騎士の実力は？　何か不満な点はあったかしら？」

「い、いえ、とてもお強いお方で、アサリア様の専属騎士に相応しいかと……」

「ふふっ、褒めていただけて嬉しいわ。だけど申し訳ないわ、ラウロには手加減をするように言ったのだけれど、そちらの騎士を一瞬で倒してしまったようで」

別にそんなことは言ってないけれど、まあラウロも本気ではなかったし、同じようなものだろう。

「っ、これは決闘ですので、全く問題ないかと思います」

「そういえば決闘で勝った時のことを決めてなかったわね。そちらが負けたのだから、私の言うことを一つ聞いてもらえるかしら？」

「……はい、もちろんです」

何か失う覚悟を決めたかのような顔をしているエイラ嬢。

うーん、だけどエイラ嬢のアークラ侯爵家から得たいものなんかないし、何もいらないのよね。

「ではここで、私に深く謝罪をしなさい」

「えっ……？」

「丁重に、謝罪の言葉が周りに聞こえるようにね」

「っ……はい」

周りには伯爵家や子爵家など、侯爵家のエイラ嬢よりも格下の貴族の令嬢が多くいる。

そんな人目の中、謝るというのはとても屈辱的だろう。

エイラ嬢は挨拶をする時の軽く頭を下げる程度ではなく、腰を曲げて深く頭を下げた。

「この度は私が無礼なことをしてしまい……」

「無礼なことって何かしら？」

「っ、四大公爵家のスペンサー公爵令嬢に、無礼ながらも物申してしまいました」

「どんなことを物申したの？　詳しく聞かせて？」

「ア、アサリア様の専属騎士が騎士になって一週間しか経ってない平民だと知り、貴族の熟練騎士になさった方がいいと忠言をしてしまいました」

「それで、その忠言はどうだったの？　合っていたの？」

「い、いえ、間違っていました……私の専属騎士三人よりもお強く、素晴らしい専属騎士でした……申し訳、ありませんでした」

周りでは令嬢達がクスクスと笑っているのが聞こえる。

社交界で調子に乗っていたアークラ侯爵家のご令嬢が、ここまで無様に謝っているのだ、おかしくてしょうがないだろう。

頭を下げて地面を見ているエイラ嬢にも、この笑い声が聞こえているでしょうね。

その証拠に彼女の身体が震えているのが見てわかる。

「ふふっ、許してあげるわ、エイラ嬢。あなたはラウロが私の専属騎士に相応しいか心配しただけでしょう？」

「っ……アサリア様の寛大なお心に感謝いたします」

「ええ、顔を上げていいわ」

エイラ嬢が顔を上げると、真っ青を超えて白くなってきた顔で、少し涙目になっていた。

「私を心配してくださったのは嬉しいけれど、忠言する時は自分の立場、振る舞いに気をつけることね」

「……はい」

意気消沈をして、視線を下に向けているエイラ嬢。

まあそうなるわよね、可哀想に。

誰のせいでそうなったのか、思い出させてあげようかしら。

「エイラ嬢、物事はしっかり自分の目で見て判断なさい」

「……」

「今回みたいに信用出来ない令嬢の戯言《ざれごと》に耳を貸して、恥ずかしい目に遭いたくないのであればね」

「っ！」

私の言葉に、エイラ嬢の目や表情に怒りが見えた。

そう、誰がエイラ嬢に「騎士になって一週間しか経ってない平民」という情報を流したのか、思い出したようだ。

エイラ嬢がその者、オリーネを睨んだ。

さっきからエイラ嬢の隣にずっといたオリーネだが、気が気でなかっただろう。

自分のせいでアークラ侯爵家のご令嬢が、大勢の前で辱められていて。

「オリーネ嬢のせいで、私は……！」

そしてエイラ嬢の怒りの矛先が、彼女に向かうのは当然のことだろう。

「ち、違います、エイラ様、私は……！」

オリーネも顔を真っ青にして、震えながら何か言おうとする。

しかしエイラ嬢にはその言葉が届かず、彼女は私に一礼をしてから去っていった。

さっきまで何人かの取り巻きに囲まれていたが、一人でどこかへ行ってしまったようだ。

気絶した三人の専属騎士はどうするのかしら？

まあ私が気にすることではないけれど。

エイラ嬢を怒らせて、去っていく彼女を見送るしかなかったオリーネ。

彼女は真っ青な顔で震えている。

確かディアヌ男爵家は香水や装飾品などのブランドを展開していたはず。

どれもアークラ侯爵家が手掛けている事業で、アークラ侯爵家の方がもちろん事業の規模が大きい。

取引をやめてしまえば、男爵家が展開しているブランドなど簡単に潰せるだろう。

まあエイラ嬢がどれほど経営に口を出せるのかは知らないけど、オリーネがエイラ嬢と仲良くなって男爵家の経営を上手く回す、なんてことはもう不可能になった。

「オリーネ嬢？」

「っ、ア、アサリア様……」

怖気付きながら私と視線を合わせるオリーネに、私は笑みを浮かべながら話しかける。

「身体が震えているけど、体調が悪いのかしら？」

「い、いえ、大丈夫です」

真っ青な顔をしながら、作り笑いをしているオリーネ。

ふふっ、やっぱりこの顔を見るのは楽しいわね。

「そう、それならよかったわ。体調には気をつけるようにね」

「は、はい、お気遣い感謝いたします」

失礼します、と言ってオリーネはこの場を去っていった。

はぁ、エイラ嬢が絡んできた時は面倒くさいと思ったけれど、終わってみたらあの女の青い顔を見られたから、なかなか楽しめたわね。

そう思いながら戦ってくれたラウロに声をかけようとしたのだが……。

「ラウロ様、とてもお強かったです！」

「さすがアサリア様の専属騎士という強さでした！」

「とても素敵で、見惚《みと》れてしまいました……！」

私の取り巻きの令嬢達に囲まれていた。

令嬢達は彼が平民と聞いた時には引いた感じを出していたのに、今は頬を赤くしてラウロに言い寄っている。

まあ確かにあんな一瞬で騎士達を倒したから、見惚れるのは当然だろう。

顔もスタイルも抜群で、私の専属騎士だから立場としては男爵令息とかよりも格上だろう。

それにもしラウロと婚約すれば、スペンサー公爵家とも近づきになれる可能性が高い。

まあそこまで考えている令嬢はまだいないかもしれないけど。

単純にラウロに見惚れる理由もあれば、言い寄って得する理由もある。

「……ありがとうございます」

その中心にいるラウロはいつも通りの感じだけど、少しだけ困ったような雰囲気が感じ取れる。

なんだかラウロらしくて安心する。

逆にデレデレするところも見てみたかった気もするけど……あまり想像はつかないわね。

「ラウロ」

私が声をかけると、ラウロが周りの令嬢達に軽く一礼してから、私の方に寄ってくる。

「はい、アサリア様」

「決闘、ご苦労だったわ」

「ありがとうございます」

ラウロにとってはほんの一瞬で終わった決闘で、達成感も何もなかったかもしれないけど、私はとても楽しかった。

特にエイラ嬢やオリーネの反応がね。

「いきなり戦わせて悪かったわね」

「いえ、全く問題ありません」

まあそうよね、本当に一瞬で終わったし。

だけど私が決闘を仕掛けたのだから、何か褒美とかをあげたいけど……。

「何か欲しいものとかある？　褒美をあげたいんだけど」

「欲しいもの？　いえ、全くないです」

そう言うと思ったわ、ラウロは物欲がないから。

大きな家を用意して、ラウロの一人だけの部屋も用意したのに、最低限の物しか置いてなかった。

準備金として結構な額を渡したと思うんだけどね。

少しでも褒美を渡したいんだけど、ラウロのことだ。

何回私が聞いても、毎回「ないです、大丈夫です」で終わってしまいそう。

何かラウロが喜びそうなこと……。

あっ、そうだ。

「ラウロ、ちょっとしゃがんで」

「？　こうですか？」

頭一つ分大きかったラウロがしゃがんで、私と同じくらいのところに頭の位置が来る。

そして……私はラウロの頭を撫《な》でた。

「っ⁉　えっ、何を……？」

ラウロはとても驚いたようだが、いつかこれをやってみたいと思っていた。

「だってあなた、いつもレオとレナには頭を撫でてあげてるじゃない？　それを見て『可愛いわ』と思っていたけど、あなたは撫でてもらったことは一度もないでしょ？」

「俺が兄なので、もちろんないですが……」

「そうでしょ？　だから私が撫でてあげるわ」

レオとレナは頭を撫でてもらうととても嬉しそうに笑っている。

そしてその笑みを見たラウロも幸せそうに微笑んでいるのを見てきた。

おそらくラウロは今まで二人を守るために、そうやって兄として優しく接して、二人を甘えさせて、頑張ってきたのだろう。

これからもそうなると思うけど、少しくらいはラウロも甘えさせてあげたい。

だからこうして頭を撫でてあげたんだけど……。

「嫌だった？　それならやめるけど」

「……いえ、別に嫌ではありません」

「そう？　ならもう少し続けてもいい？」

「……アサリア様がお望みなら」

視線を逸らしながらラウロがそう言ったので、もう少し撫で続ける。

ラウロの茶髪は遠目にはサラサラしているように見えたけど、意外と髪質が硬いようね。

だけど引っかかりがあるわけじゃないから、ちゃんとお風呂に入って髪を洗っているようだ。

髪を撫でていると、ラウロの頬がほんの少し赤くなっている気がする。

照れているのかしら？　彼もそういう恥ずかしがるという気持ちがあるのね。

なんだか髪質とか反応も含めて、ラウロは大型犬のような感じがするわ。

レオとレナが小型犬っぽい可愛さがあるから、余計にラウロが大型犬のように見えてしまう。

私の専属騎士を務めているから、番犬って感じね。

「……アサリア様、いつまでするのでしょうか？」

「んっ、そうね」

彼の髪から手を離すと、ラウロはしゃがむのをやめた。

……そういえばこれ、ラウロに褒美を与えるっていう話だったわね。

レオとレナが頭を撫でられるのが好きそうだったから、兄のラウロも好きかなと思って撫でたんだけど、正直私がしたいだけだった。

「ごめんなさいラウロ、頭を撫でることがあなたへの褒美ではなかったわね。何か違うものを考えるとするわ」

「っ、いや、その……」

「？　どうしたの？」

「……いえ、なんでもありません」

頬を赤くしながら、顔を逸らしたラウロ。

まあなんでもないと言うなら聞かないけど、なんだったのかしら。

ラウロから視線を外し、周りにいる取り巻きの令嬢達に話しかける。

「皆さん、いろんなことがあったけど、お茶会に戻りましょう。まだ食べてないお菓子もあるし、お茶も冷めてしまったから新しく淹《い》れ直しましょう」

私が声をかけると、彼女達は頷いてついてきてくれた。

そしてまた元のテーブルのところに戻り、お茶会を再開した。

だけどさっきまでとは違い、令嬢達の視線が生暖かい気がする。

ダリア嬢も優しい笑みを浮かべている。

「アサリア様は、とても素晴らしいお方ですね」

「ん？　いきなり何かしら、ダリア嬢」

「いえ、アサリア様がいろんな方に慕われているのが、とてもよくわかりましたので」

えっ、慕われている？

私、もともと性格が悪くて有名だったはずだけど？

だけどようやくその噂が払拭出来てきた、ということかしら。

「そう？　それなら嬉しいわね」

「はい、もちろん私もアサリア様をお慕いしております」

「ありがとう、ダリア嬢」

ダリア嬢にお礼を言うと、周りの令嬢達も口々に「私もです！」「アサリア様のことが好きです！」と言ってくれる。

回帰する前も取り巻きの令嬢達に言われたことは何度かあるけど、その時とは温度が違うというか、本当に思ってくれている感じがする。

なんだか少し恥ずかしいけど、本当に嬉しいわね。

「皆さん、本当にありがとう」

笑みを浮かべてお礼を言うと、彼女達もにこやかに笑ってくれた。

「それに……ふふっ」

「ん？」

ダリア嬢が私の後ろを見て、何やら意味深な笑みを浮かべた。

私の後ろにはラウロしかいないと思うけど。

他の令嬢も何やらラウロを見ているので、私も振り返って見たけどラウロが無表情で立っているだけだ。

不思議に思いながら、私は前を向いて話す。

「皆さん、ラウロを見ているけど、どうしたの？」

「いえ、アサリア様は専属騎士の方にもしっかり慕われているのだなと思いまして」

「はい、私もです」

「とても慕われているようで羨ましいですわ」

よくわからないけど、彼女達の目から見てもラウロに信頼されているというのなら嬉しいわね。

「ラウロ様、すごいですね。アサリア様に見られている時だけ……」

「ええ、頰が赤くならないようにするのってどうやるのかしら？」

「ん？　あなた達、何を話しているの？」

「いえ、なんでもありませんわ、アサリア様」

「はい、ちょっとした世間話ですので」

「そう？」

令嬢の二人がコソコソと何か話していたようだけど、私に関わりがないなら聞く必要もないわね。

その後、ようやくお茶会を静かに楽しむことが出来た。

お茶会を終えて、私は馬車に乗って屋敷へと戻ってきた。

はぁ、久しぶりのお茶会は楽しかったわね。

少し面倒なことも起こったけど、それも含めて楽しめた。

あとでエイラ嬢とオリーネの関係がどうなったのか、アークラ侯爵家がディアヌ男爵家に対してどんなことをするのか、その顚末を調べておきましょう。

すでにもう夕方くらいだけど、今日はもう特にやることはないわね。

ラウロに屋敷までついてきてもらったけど、もうあの子達が待ってる家に帰ってもらってもいいかもしれない。

レオとレナもラウロのことを待っているだろうし。

そう思いながら、ラウロに差し出された手を握って、馬車を降りた。

すると屋敷の方から、メイドのマイミが出てきて寄ってくる。

なんだか慌てているようだけど、何かあったのかしら？

「ア、アサリア様！　ようやくお戻りになられたのですね！」

「ええ、ただいま、マイミ。久しぶりのお茶会はとても楽しかったわ」

「そ、それはようございました……じゃなくてですね！　大変なんです！」

「何かあったのかしら？」

マイミが一度屋敷の方を振り返り、そして少し声を抑えめで話す。

「こ、皇太子殿下が、お見えになっているんです」

「えっ？　ルイス皇太子が？」

「は、はい、そうです」

それは私も少し驚いた。

ルイス皇太子が屋敷に来たことは一度もない。

会うとしたらいつも私の方から皇宮に行っていた。

あちらは皇族で、こちらは公爵家だから、私の方から伺うのは当たり前だとは思うけど。

それでも婚約者である私の家にならば、皇太子だとしても普通ならば迎えに来てもいいはず。

事実、回帰する前の皇太子はオリーネの家には迎えに行っていた。

私達はまだ婚約をしているけど、まさか皇太子が私の家に来るなんて。

だけど、急すぎるでしょ？

「皇太子が来訪する前に、何か連絡はあったのかしら？」

「い、いいえ、全くありませんでした。一時間前ほどに、いきなりこちらに来られました」

「そう」

皇太子だからといって、訪問の約束を取り付けることなく来ていいはずがない。

どうやらまだ、ルイス皇太子はスペンサー公爵家を舐めているようね。

「用件はなんなの？」

「婚約者のアサリア様に会いに来たとのことですが……」

「ルイス皇太子がそう言ったの？」

「はい」

「それ以外の用件は？」

「特に何もおっしゃっていませんでした」

「そう」

本当に会いに来ただけ？　狙いがよくわからないわね。

だけど屋敷まで来て、一時間も待っているのね。

私に会うために待ってくれているとも取れるけど、いきなり訪問して一時間も居座っているとも取れるわね。

まあどちらにせよ、私が会うしかないようね。

「わかったわ、とりあえず会いましょうか」

「はい……その、そろそろご夕食の時間ですし、皇太子殿下のご夕食も準備した方がよろしいでしょうか？」

普通ならこの時間に婚約者が来たのなら、一緒に夕食を食べて楽しく会話する流れでしょうね。

だけど……。

「いいえ、用意しなくていいわ。どうせそんな時間まで居座らせるつもりはないもの」

私はマイミにそう伝えてから、ラウロに話しかける。

「ラウロ、もう少し付き合ってくれるかしら？」

「はい、もちろんです」

「私の後ろに控えていればいいから」

「かしこまりました」

そして私とラウロは、ルイス皇太子が待つ応接室へと向かった。

普通だったらお茶会などに着て行った服ではなく、皇太子に会うためのもう少し良いドレスを着るのだが、着替えるのも面倒ね。

屋敷の一番豪華な応接室にルイス皇太子は通されたようで、そこへ着いて扉を開ける。

ルイス皇太子はソファに腰掛けていて、入ってきた私をジロっと睨むように見てきた。

「遅かったな、アサリア」

……なんでこの人、いきなり訪問してきたのに不機嫌になっているのかしら？

「ルイス皇太子が突然、何の前触れもなく訪問してきたからでは？　私はお茶会から帰ってきたばかりで疲れているのに、ルイス皇太子にこうしてお目にかかりに来たのですが」

「お茶会に遊びに行っただけで疲れるとは、情けないことだ」

はっ？　別に本当は疲れてないけど、なんでこんな人に嫌味を嫌味で返されないといけないの？

私に会うために一時間も待ってくれていたようだから、少しくらい丁寧に接しようと思っていたけど、もういいわ。

私はルイス皇太子の対面のソファに座り、その後ろにラウロが控える。

「その男は誰だ？」

「私の専属騎士のラウロです。ラウロ、ご挨拶して」

「……ラウロです」

ラウロはお茶会の時に令嬢達に挨拶をした時よりも、かなり適当に挨拶をした。

ふふっ、とてもいい判断ね、また後でご褒美をあげなくちゃ。

ルイス皇太子はラウロの挨拶を不快に思ったのか、眉を顰《ひそ》めた。

「なんだ、この騎士は。名乗り方もまともに知らないのか？」

「公爵家を訪問する際に何の連絡もよこさず、勝手に来て一時間も居座る客人にする挨拶としては、とても丁寧な方だと思いますが」

私はにこやかに笑いながらそう言った。

「なんだと？　いつも君も皇宮に来ていたではないか」

「私がいつ、無断で皇宮に行きましたか？」

「……」

何も反論出来なくなり、不機嫌な顔で黙り込むルイス皇太子。

はぁ、本当になんでこの人は来たんだろう。

私をイラつかせるために来たのかしら？

「それでルイス皇太子、今日は何のご用ですか？」

足を組み、ソファに深く腰掛けて背もたれに身体を預ける。

皇太子の前でする態度ではないが、誰も見てないしいいでしょう。

あっ、ラウロがいたわね。まあ彼なら私の味方だし、誰にも言うわけないから大丈夫ね。

「その態度はなんだ？　淑女として恥ずべき行為だぞ」

「先程も申し上げましたが、いきなり訪問してきた相手に対しては、最上級の礼儀だと思いますが」

「っ、いつからそんな無礼なことを言うようになったんだ、アサリア」

ルイス皇太子は不機嫌そうに私を睨みながらそう言う。

回帰する前は婚約者として、オリーネとの浮気を諫めようとしたり、婚約破棄をされたくないと思って、なかなか強気に出ることは出来なかった。

だけど私がいつまでも下手に出てご機嫌を窺っているなんて思ったら、大間違いよ。

回帰する前は、あなたが婚約破棄をする側だった。

だけどもう、その立場は逆転した。

私が下手に出る必要も、ご機嫌を窺う必要も、何もない。

むしろご機嫌を取らないといけないのは、ルイス皇太子の方だ。

「さあ、いつからでしょう。婚約者が浮気をしたショックで、寝込んでしまってからでしょうか」

口元に手を持ってきて、目を伏せて悲しそうな表情をする演技をした。

まあ寝込んだことなんて一度もないけど。

回帰する前は確か、使用人とかに当たり散らしていただろうし。

さすがに信じなかったのか、ルイス皇太子は何も態度が変わってない。

だけど後ろにいるラウロの雰囲気が鋭くなった気がする。

もしかして私が寝込んだと言ったことを信じてしまったかしら？

あとで弁解しておこう。

「その時に思ったのです、私はなんて馬鹿だったんだろうって」

「どういうことだ？」

「私を尊重しない相手に、なぜ敬意を払って接していたんだと思いまして」

私はニヤッと笑いながら、ルイス皇太子にそう言った。

「あなたがそのような態度を取るなら、私も同じような態度を取ります」

「……私は皇太子だぞ。公爵家の令嬢で私の婚約者だとしても皇太子に対して、そのような態度を取っていいと思ってるのか」

「あら、何度同じ話をすればいいのですか？　ルイス皇太子、あなたはハリボテの、名ばかりの皇太子ですよ」

「っ！　お前……！」

私の言葉にルイス皇太子はキッと睨んできた。

しかし何も怖くないし、私はむしろさらに笑ってみせた。

「前のパーティーでも申し上げたでしょう？　私があなたの婚約者でなかったら、あなたは皇太子じゃないのですから」

「……」

何も言わないルイス皇太子。いえ、何も言えないだけね。

「ルイス皇太子のことですから、皇帝陛下に確認などをしたのでは？　どうでした？　あなたの望んだ答えは、返ってきましたか？」

「っ……」

ふふっ、表情が変わったわね。

やっぱり確認、もしくは皇帝陛下に直接そうと言われたようだ。

スペンサー公爵家の令嬢である私と婚約をしたから、他の皇子達を差し置いて皇太子になれたことを。

「だからもういいのですよ、皇太子」

「……何がだ」

「あなたが私に構うことを、ですよ。私ももう、あなたに構いませんから」

もう私は、この人に何も期待していない、何も望んでいない。

望んでいることがあるとしたら、破滅ぐらいね。

「今まで婚約者としてディアヌ男爵令嬢との逢瀬《おうせ》を諫めておりましたが、もういいですよ。私はもう止めません」

私がにこやかに笑いながらそう言っても、ルイス皇太子の顔に喜びは見えない。

むしろ顔色が悪くなっているようにも見える。

「その代わり、私にも構わないでください」

「……それは無理な話だ」

「あら、なぜですか？　いつも私に『構ってくるな』と言っていたのは、そちらでは？」

私が何度オリーネとの関係を止《や》めるように言っても、醜い嫉妬をしていると勝手に勘違いをして、邪険に扱っていたのに。

「私達は、婚約者同士だ。構うなというのは無理だろう」

「……はっ？」

思わずそんな声が出てしまった。

婚約者だから？　この人は本当に、何を言ってるのかしら。

今さら婚約者としての自覚が芽生えて、私を尊重して行動すると？

いや、絶対に違うでしょうね。

ああ、もしかして……ふふっ。

「そうですね、私があなたの婚約者じゃなくなったら、あなたは皇太子ではなくなりますものね」

私の言葉に、ルイス皇太子は目を逸らした。

そうね、ルイス皇太子はそれが嫌なだけ。

私が婚約者じゃなくなれば、特に優秀でもないルイス皇太子は皇位第一継承者という立場を、他の皇子に取られるだろう。

「そうですか、別にあなたが私のことを構うというなら止めはしません。もしかして今日も、婚約者の私に構いにきたのですか？」

「……ああ、そうだ」

ああ、本当にそうだったのね。

あのルイス皇太子が私のご機嫌を取りにきた、というわけだ。

私のことを一時間も待ったのはそのためか。

……いや、じゃあなんでこの人は私を不快にするような言動をしていたのかしら。

まあご機嫌を取るのなんて初めての経験だから、出来なかっただけね。

「構いたいというのなら好きにどうぞ。ただ私がそれに対して誠実に接するかどうかは、あなたの態度次第です」

「っ……」

「私の家に来るのであれば、約束を取り付けてください。まあ今後、承諾することはないでしょうけど」

私はそう言って話は終わりだと思い、立ち上がる。

「おい、どこへ行く」

「用件が私に会いに来たというのであれば、もう終わりです。お帰りください」

「待て、こんな時間まで待ったんだぞ。せめて夕食でも」

「お誘いは嬉しいですが、私は今日イヴァンお兄様と食事をする予定ですので」

ルイス皇太子と食事なんかしても、絶対に楽しくない。

というか、よくこんなに私が冷たく接した後に夕食を一緒に食べようと誘えるわね。

ある意味、そこは尊敬するわ。

「っ、なぜだ、お前は私のことが好きじゃないのか」

「……」

さっきからルイス皇太子が黙り込むことは多かったけど、今度は私が黙る番だった。

まさかそんなことを言われるとは思っていなかったわね。

さすがに驚いてしまったわ。

ルイス皇太子は私がオリーネに嫉妬していると思っていたようだから、そう思っているのも当然なのかもしれないけど。

いい機会ね。

「ルイス皇太子、はっきり言っておきましょう」

座っているルイス皇太子を上から睨みながら、告げる。

「私は一度も、一瞬たりとも――あなたを愛したことはありません」

回帰する前も、回帰した後も、ずっと。

お父様に取り付けられた婚約、その婚約者であったルイス皇太子。

公爵家の令嬢として、婚約者としてただルイス皇太子と接していただけ。

本当に、一度も、一瞬たりとも、この人を愛したことなどない。

私の言葉にショックを受けたのか、目を見開いたルイス皇太子。

「そろそろ日が暮れて肌寒くなります。お身体にはお気をつけて、ルイス皇太子」

そう言ってルイス皇太子に背を向けて、扉の方へと向かう。

はぁ、本当に時間の無駄だったわね。

扉を開けようと手を伸ばした時、後ろでルイス皇太子が立ち上がる音が聞こえた。

「アサリア！　こちらが少し下手に出たからといって、調子に乗るな！」

え、さっきまでの態度がルイス皇太子にとっては、下手に出ていたということなの？

その横柄な態度だけはすごいわね。

私は振り向いて、余裕の笑みを浮かべて会話をしてあげる。

「調子に？　前にも言いましたが、これが公爵家の令嬢としての毅然《きぜん》とした態度です」

「ふざけるな！」

ルイス皇太子が大股に歩いて迫ってくる。

普通の女性だったら高身長の男性にそう迫られたら、怖いものだろう。

しかし全く怖くないし、私の笑みは全く崩れない。

その笑みがまたルイス皇太子をイラつかせたようだ。

「いい加減に……！」

私を睨みながら言おうとした言葉は、間に入ってきた騎士、ラウロによって止められた。

「皇太子殿下、どうかお下がりください」

「っ！　なんだ貴様は！　そこを退け！　私を誰だと思ってる⁉」

ルイス皇太子がラウロを睨みながらそう怒鳴る。

ふふっ、第一皇子の皇太子様が、城下街で問題を起こして捕まった男爵と同じような態度を、ラウロに対して取っているわね。

それだけでおかしくて笑ってしまう。

至近距離で睨み合う二人。

ラウロの方が身長が高いので、皇太子が少しだけ上を向いている。

「俺はアサリア様をお護りする騎士です。誰であろうと、彼女を害する存在を近づかせるわけにはいきません」

「なんだと……⁉」

ルイス皇太子はさすがにキレたのか、魔力で自身の身体を強化するのが見えた。

皇族も魔力は持っていて、普通の貴族より強い。

ラウロを殴ったピッドル男爵よりも強いのは確かだろう。

もちろん公爵家には全く及ばないが。

「退け！」

ルイス皇太子はその拳でラウロの腹を殴った。

ラウロは防御することもなく、ただそれを腹で受け止めた。

そして……まあ予想はついていたけど。

「ぐっ⁉」

痛みに呻《うめ》いたのは、ルイス皇太子の方だ。

ピッドル男爵に殴られてから一週間以上経っている上に、イヴァンお兄様に鍛えられているのだ。

皇族の力ごとき、防御するまでもなく逆に手を破壊してしまうだろう。

ルイス皇太子の右手を見てみると、かなり本気で殴ったのか、青黒く変色していた。

「くっ、貴様……！」

ああ、どうやら折れてしまっているようね。

私が右の手の平を焼いたけど、それがようやく治ったところで、次は骨折。

まあ全部、自業自得としか言いようがないんだけど。

「あらあら、ルイス皇太子、大丈夫ですか？　何かありましたか？」

「な、なんでもない……！」

右手を後ろに回して隠そうとするルイス皇太子。

なんというか、とてもダサいわね。

「アサリア、お前の騎士を下がらせろ。この無礼なやつを」

「無礼な方はルイス皇太子だと、何度言ったらわかるのですか？　それとも……本気で排除して欲しいのですか？」

私は指をパチンと鳴らして、人差し指の先に拳大の炎を作った。

「っ！　ま、待て、アサリア」

私の炎を見て、ルイス皇太子が慌ててそう言ってくる。

この炎自体にそこまで威力を込めたわけではないが、ルイス皇太子には炎を見せるだけで十分だろう。

「では早急にお帰りください」

「あ、ああ、わかった。今日のところは帰らせてもらおう」

「ええ、もうこの屋敷に入っていただくことは、ないと思いますが」

ルイス皇太子は最後まで横柄な態度で、私とラウロのことを睨みながら帰っていった。

はぁ、ようやく帰ったわね。

自室に戻り、ソファに座ってマイミにお茶を淹れてもらう。

だけどまさかルイス皇太子が、形だけでも私のご機嫌を取りに来るとは。

もう回帰する前とは随分、関係性が異なってきたわね。

今回は私が婚約破棄をする側だ。

婚約破棄をしたら、あの人はどんな顔をして絶望してくれるだろうか。

前は何をしてもルイス皇太子はオリーネとの浮気を止めず、そのまま婚約破棄された。

その仕返しが出来るのが楽しみね。

婚約破棄をするのは、もう少し後にしよう。

私は回帰する前、いつ婚約破棄を言い渡されるのか怖かったし、婚約破棄をされないためにいろいろと行動をしたのに、全部空回りをして、全て無駄になった。

その時の惨めな気持ちといったら……ルイス皇太子にも、味わってもらわないとね。

マイミが淹れてくれたお茶を飲んでいると、まだ後ろでラウロが控えていることを思い出した。

「ラウロ、今日はありがとう。あの人に殴られたお腹は大丈夫よね？」

「はい、全く問題はありません」

うん、そうだと思ったけど、一応聞いておいた。

聞いておくといえば、お茶会でラウロが何歳なのかが少し気になっていた。

「ラウロって何歳なの？」

「……わかりません。数えたことはないので」

「えっ、そうなの？」

「はい、捨て子で小さな孤児院に拾われたのですが、歳はわかりません。名前も孤児院の者に付けられました」

「そう……」

ラウロは私が想像しているよりも、なかなか辛い幼少期を過ごしてきたのかもしれない。

「物心がついてからはどれくらい経ったの？　誕生日は何回やってきた？」

「年数は十五年くらい経っている気がします。誕生日はわかりません」

「わからない？　どういうこと？」

「俺、自分の誕生日を知らないので。適当にレオとレナの誕生日に合わせていますけど」

まさか誕生日もわからないとは……。

「レオとレナの誕生日はなんでわかったの？　あの二人が覚えていたの？」

「いえ、覚えていなかったので、俺と出会った日を誕生日にしました」

「そう、それは素敵ね」

何その幸せな誕生日の決め方、とてもいいわね。

それなら……。

「じゃあラウロ、あなたの誕生日は私と出会った日にしましょう」

「えっ？　いや、俺は別にレオとレナと一緒の誕生日でもいいのですが」

「あの二人と一緒も素敵だけど、別の日の方がそれぞれ祝えるじゃない？　楽しい日が増えるわよ」

弟妹想いのラウロのことだ、今までずっと誕生日を迎えても、自分のことは放ってあの二人のために祝ってあげていたのだろう。

私と出会ったからには、そうはさせない。

「レオとレナもあなたの誕生日を盛大に祝いたいと思ってるわよ。自分達のついで、じゃなくてね」

「そう、ですか……」

ラウロは少し考えてから、ふっと笑った。

「では、そうします。俺の誕生日は、アサリア様と出会った日で」

「ええ、そうするといいわ。来年、楽しみにしてなさい。その硬い表情筋が壊れてユルユルになるほど祝ってあげるわ」

「表情筋が壊れる……それほど殴られるということですか？」

「そんなわけないでしょ！」

ボケなのか天然なのかわからないラウロの言葉に、思わずツッコんでしまった。

その後、ラウロはもう勤務時間が終わったので、夕食に間に合うように帰っていった。

「はぁ、本当にラウロって、どこかズレてるわね」

私がため息をつきながら呟くと、側で控えているマイミがクスクスと笑う。

「ふふっ、だけどそういうところが面白いところですね、ラウロさんは」

「そうだけどね。ラウロが誕生日を楽しみになったか、あれじゃわからないわ」

「いいえ、おそらく楽しみにしてらっしゃいますよ。アサリア様が誕生日を決めた時、笑っていらしたので」

「そうね、そうだといいわ」

第3章　公爵家の責務

その日、オリーネは父親に怒られていた。

「なんてことをしてくれたんだ、オリーネ！」

執務室の机を叩《たた》き、怒りを露わにするディアヌ男爵家の当主。

「も、申し訳ありません……！」

オリーネは父親に頭を下げるしかない。

「お前のせいで私達の家が手掛けているブランドが潰れ、ディアヌ男爵家が終わるところだったんだぞ！」

「っ、申し訳ありません、お父様……！」

オリーネの態度に、父親は怒りが消えて呆《あき》れたようにため息をついた。

「あんなにもアークラ侯爵家のご令嬢を怒らせて……私はもう死んだ思いだったぞ」

あのお茶会の後、やはりエイラは父親のアークラ侯爵に「ディアヌ男爵家との取引を一切やめて、あそこの経営を破綻させて！」と頼んだらしい。

アークラ侯爵は娘想いではあったが、さすがに事業のことに関して全部言われた通りにするというわけではなかった。

エイラ嬢から理由を聞き、ディアヌ男爵の方にも連絡を入れた。

そしてオリーネを除いた者達で集まり、まずディアヌ男爵がエイラ嬢に誠心誠意謝った。

しかしエイラ嬢の怒りはおさまらず、アークラ侯爵にディアヌ男爵家を潰すように頼み込む。

その時のディアヌ男爵の気持ちはもう絶望的だった。

アークラ侯爵はさすがにディアヌ男爵家を潰すほどの動きはしないようだが、男爵家との取引は今後考えるとのことで、その場は終わった。

そして後日、やはり侯爵家との取引は徐々に減っていて、おそらくこのままいけば全く取引がなくなるだろう。

アークラ侯爵家との取引がなくなっても、他の貴族家との取引はあり事業は継続出来るので、潰れるというほどではない。

しかし経営に大打撃なのは間違いない。

「アークラ侯爵様が理知的な方でまだよかったが……侯爵家の影響力で、私達がやってる事業を全部潰すことだって出来ただろう」

本当にそれをされたら、ディアヌ男爵家は終わっていた。

「本当に申し訳ありません、お父様……」

謝ることしか出来ないオリーネ、それを見てディアヌ男爵はまたため息をつく。

「お前が聖女に選ばれ、私達の家は安泰だと思っていたがそれは間違いだったようだ。聖女に選ばれたからといって、お前を自由にさせすぎたな」

ディアヌ男爵は椅子に座り、頭を下げ続けているオリーネを睨《にら》む。

「今後、お茶会やパーティーに出るのは禁止だ。今後は聖女の訓練に励み、聖女の仕事が始まるまでは家から出るな」

「はい……」

「だがお前は皇太子殿下に招待されることもあったな。皇室からの誘いはさすがに断るわけにもいかんだろうから、その時だけは許そう」

「はい……その、本日はお誘いいただいておりまして」

「そうか、まあそれなら行くといい。最近は誘いが来ていなかったようだがな」

「っ……」

そう、いつもなら数日に一度は招待が来て、なんなら家まで迎えに来てくれたルイス皇太子からのお誘いが、ここ最近はとても少なくなった。

なぜなのか、少し考えればすぐにその原因はわかる。

(あの女……アサリア・ジル・スペンサーのせいよ)

心の中で憎き女の名前を呼び捨てにするオリーネ。

あの女のせいで、ルイス皇太子からのお誘いが全然こなくなった。

「準備もあるだろうから、もう下がっていい」

「はい、本当に申し訳ありませんでした、お父様」

「もう二度とこのようなことは起こすなよ」

「はい、失礼します」

オリーネは執務室を出て、唇を噛《か》みながら自室へと向かう。

もうお茶会などには出られなくなり、外に出ることもルイス皇太子からのお誘い以外は禁止された。

（どうしてこんなことに……！）

オリーネはその原因を探るが、やはりあの女のせいだということを考えてしまう。

「アサリアのせいで、私がこんな目に……！」

オリーネは、自分が特別な存在だと認識している。

男爵家で家柄は微妙だったが、聖女に選ばれ、才能があった。

アサリアやルイス皇太子はただ生まれが良いだけ、と心の中では思っていた。

ただその地位は欲しいため、ルイス皇太子に近づいたのだ。

自分は容姿も恵まれていて男性に好かれるように振る舞うことも出来たので、すぐにルイス皇太子に好かれた。

皇太子はアサリアに嫌気がさしていたようなので、それもオリーネの理想通りになった要因だ。

アサリアも馬鹿な女でルイス皇太子にフラれたくないと思っているだけで、全然上手く立ち回れていなかった。

全てが上手くいっていた……はずだったのに。

最初の屈辱は、建国記念日パーティー。

久しぶりにアサリアが社交界に顔を出したと思ったら、いつものアサリアではなかった。

一対一では何も言い返すことが出来ず、さらにはルイス皇太子が来たのにそれでもアサリアに何も出来ずに負けてしまった。

その後、事あるごとに負けてしまうことが増えた。

オリーネが一番悔しかったのは、自分が目を付けた騎士候補を奪われたことだ。

もともと男爵家には公爵家や侯爵家のように、専属騎士などを雇う余裕はそこまでない。

聖女の仕事が始まれば専属騎士が叙任されるが、それまでは一人もいない。

だから力持ちだと噂《うわさ》があった運送店の平民を騎士にしようとした。

人件費も安く済むし、たとえ騎士の才能がなくとも捨てるだけで済むから。

(選ばれし私の後ろに控えさせるには顔も良かった。だけどまさか、公爵令嬢のアサリアが目を付けているとは……!)

そして、問題はそこからだ。

騎士にスカウトして一週間程度しか経ってないのに、アサリアは彼を専属騎士にしていた。

才能があったとしても、そんなに早く専属騎士になれるほど強くなるはずがない。

アサリアは自分が強いから、専属騎士は見栄えで選んだに違いない。

平民で実力もない騎士を専属にしている、ということをオリーネだけが知っている。

その情報をアークラ侯爵家のエイラ嬢に渡した。

エイラ嬢は自己顕示欲が強く、さらに自分より上の立場にいる公爵家の人々を嫌っていて、いつか目に物見せてやりたいと思っている人だった。

それを利用すれば自分が直接言いがかりをつけるわけではなく、エイラ嬢を利用してアサリアを陥れることが出来る……そう思っていたのに。

(何よ、あの強さ！　騎士になって一週間じゃなかったの⁉)

エイラ嬢の専属騎士が弱いとは思えない。傲慢で馬鹿な女性だが、腐っても侯爵令嬢だ。

それなりの騎士を三人専属にしていたはずだ。

その三人を、一瞬で倒した。オリーネには、気づいたら戦いが終わっていて、三人の熟練騎士が倒れていたとしか認識出来なかった。

運送店で働いていた平民が短期間でそんなに強くなるなんて、誰が想像出来るだろうか。

それからエイラ嬢が辱めを受け、それを全部自分のせいにされた。

エイラ嬢は本気で自分を、ディアヌ男爵家を潰しにきたようだが、最悪の事態にならなかったのは不幸中の幸いだ。

そして今、落ち着いてからオリーネが思い出すのは、ラウロのことだ。

（あの女がいなければ……私が、あの男を専属の騎士に出来たのに……！）

一週間であれほど強くなる男だ、これからどれほど強くなっていくのか。

おそらく一人で魔獣を数百体ほど簡単に倒す公爵家の当主などと、同等かそれ以上の力を得ることになるだろう。

そんな最強の騎士を、目の前で奪われた。

それがオリーネにとっては、唇を嚙み切るほど悔しいことだった。

これから聖女として聖騎士を数々の騎士の中から選ぶことになると思うが……果たして、ラウロよりも強い騎士がいるかどうか。

（はぁ……切り替えないと。これからルイス皇太子と久しぶりにお会いするのだから）

少ない使用人に着替えを手伝ってもらいながらも、頭の中ではずっと屈辱的だったことを思い出したり、アサリアの笑みを思い出して苛立っていた。


ルイス皇太子とオリーネは、皇室御用達のレストランの個室で逢瀬《おうせ》をしていた。

何回か二人で来てとても美味しい食事を楽しんだことがある。

今日も二人で食事をしているが、前に来た時よりも会話は弾まないし、二人とも楽しそうではない。

特にルイス皇太子の表情がいつもよりも暗かった。

「お怪我は大丈夫ですか、ルイス皇太子。まだ痛みなどは」

「いや、大丈夫だ。治してくれてありがとう、オリーネ」

ルイス皇太子と会ってすぐに、オリーネは彼の右手の骨折を治療した。

骨と骨はくっついたようだが、やはり聖女の力を完璧には扱えておらず、痛みはまだあるようだ。

「どうしてルイス皇太子がそんなお怪我を？」

「っ、いや、大したことではない。少しな……」

目線を逸らして誤魔化すルイス皇太子。

しかし彼が怪我をする理由、そして皇太子が怪我をしたのに大事にしない理由なんて、一つしかあり得ない。

「ひょっとして、アサリア様と何かあったのでしょうか？」

「っ！　そう、だな……ああ、そうだな」

図星をつかれたような反応をしたルイス皇太子は一度目を瞑《つぶ》り、オリーネと視線を合わせる。

「先日、アサリアの家に行ったのだが……あいつはこの私を邪険に扱って、そのうえ怪我を負わせてきた」

「まあ、なんて酷いことを……」

予想出来ていたが、オリーネはとても驚いたように反応をした。

怪我をした原因などは想像出来ていたが、それよりも気になったのはルイス皇太子がアサリアの家に行ったことだ。

オリーネが知る限り、ルイス皇太子がアサリアの家に出向いたことは一度もないはずだ。

「なぜアサリア様のお家に行ったのですか？」

「っ……まだオリーネには言ってなかったな。この間、皇帝陛下に呼ばれた時に言われたことを」

オリーネが皇宮に行ってルイス皇太子の手を治療した時のことだ。

その日から、ルイス皇太子からの逢瀬の誘いがほとんど来なくなった。

「なんと言われたのでしょうか？」

「皇帝陛下には、アサリアと婚約したから私を皇太子にしたと……そう言われた」

「っ、そんな……！」

アサリアが建国記念日パーティーで言っていたこと、それが全て本当だった。

そんなことはない、絶対に誇張した嘘《うそ》だと思っていたオリーネだが、まさか真実だったなんて。

オリーネは四大公爵家の力がそれほど強いとは、全く知らなかった。

おそらくルイス皇太子もそうなのだろう。

オリーネが絶句した理由を勘違いしたのか、皇太子が笑みを浮かべて言葉を続ける。

「婚約破棄をしたら皇太子でなくなるが、君との関係を切るつもりはない。そこは安心してほしい」

「……はい、ありがとうございます」

その言葉にオリーネは安心したような笑みを浮かべてお礼を言ったが、心の中では全く違うことを心配していた。

（この人が皇太子にならないと、私は皇妃になって上にいけない……私は上に、帝国の一番上に立つ、選ばれた聖女なんだから）

オリーネはそんなことを頭の中では考えていた。

「アサリアとの婚約を破棄したら皇太子でなくなるが、皇位第一継承権を手放したところで第一皇子であることには変わりはない。すぐに皇太子に舞い戻れるだろう」

「はい、ルイス皇太子なら大丈夫だと思います」

二人はそう言って笑い合っているが、どちらも表情は少し硬かった。

（ルイス皇太子の言うことを信じたいけど、それはないでしょうね。婚約を破棄しただけで皇太子じゃなくなるのであれば、皇位の第一継承者に戻るのはほぼ不可能）

オリーネは心の中ではそう思っていたが、表面上だけは取り繕っていた。

（今から他の皇子に乗り換える？　いえ、絶対に無理、私がルイス皇太子と逢瀬を繰り返しているのは社交界で知れ渡っているし、皇子達も知っている。それで他の皇子に媚《こび》を売ったところで、私の評判が下がるだけ）

今でも建国記念日パーティーなどで、オリーネの評判は徐々に下がっているのだ。

これ以上下がったら、聖女として働いても評判を上げることが難しくなる。

（私が皇妃に、帝国のトップに立つには、ルイス皇太子が皇位第一継承者であることを維持し続けなければならない。だけどそのためには、アサリアとの婚約維持が絶対条件。そうなったらアサリアが皇妃になって、私はただの聖女でトップに立てない……！）

もちろん聖女も価値がないわけではなく、むしろ選ばれた者ではあるのだ。

だがもちろん皇妃よりは下の立場だし、公爵よりも下だ。

詰んでいる、そう思ったオリーネ。

全て、あの女のせいで。

建国記念日パーティーでアサリアに言われた言葉が脳裏に思い浮かぶ。

オリーネがアサリアに「公爵家の権力を盾にして、ルイス皇太子を脅すことは令嬢としてどうなのでしょうか。私は殿方をそのようにして脅したり行動を縛ったりすることはしません」と言った時に、嘲笑気味に言われた言葉。

『オリーネ嬢、あなたは勘違いしてるわ。「しません」じゃなくて、「出来ない」というのよ？　あなたには権力も何もないんだから』

その言葉を聞いて、「いつか絶対にアサリアよりも上の立場になってやる」と強く思った。

それなのに、アサリアのせいで上の立場にいけない。

『大丈夫よ、オリーネ嬢。あなたがそんな権力を持つことは永遠にないから』

アサリアの悪女のような笑みが、脳裏から離れない。

（っ……本当に、邪魔な女！　あの女をなんとかしないと、私が上にはいけない……！）

どうすればルイス皇太子が皇太子のままあの女との婚約を破棄して、自分が皇妃になれるのか。

その方法を考えないといけない。

「オリーネ？　大丈夫か？」

「っ、はい、申し訳ありません、少し考え事をしておりました」

オリーネは笑みを浮かべて、考え事をしながらもルイス皇太子との会話を続ける。

「私はオリーネを愛している。アサリアと結婚など考えていないから、安心してくれ」

「ルイス皇太子……はい、ありがとうございます。私も、ルイス皇太子を愛しております」

二人はそう言って笑い合うが、オリーネはルイス皇太子の違和感に気づいた。

（いつもなら「早く婚約破棄をしたい」くらいまで言うのに、今回は言わない？　もしかしてルイス皇太子は、アサリアと結婚したいと思い始めている？）

オリーネは勝手にそう予想したが、合っている気がしてきた。

（っ、アサリアの家に行った理由は、アサリアとの関係を深めるため？　婚約破棄をされたら、皇太子じゃなくなるから）

やはりルイス皇太子も自分の地位がなくなるのは嫌なのだろう。

皇太子ではなくなってもすぐに舞い戻れると言っていたが、それが本気で出来ると思っているのかはわからない。

それに一番簡単なのは、皇太子ではなくなるのを防ぐこと。

つまりアサリアとこのまま結婚することだ。

(そうなったら私は、もうあの女の上に立てない……それだけは、なんとか阻止しないといけない)

ルイス皇太子の先程の傷を見れば、アサリアと上手くいってないのは明白だ。

今はまだ大丈夫だが、安心は出来ない。

アサリアが心変わりでもして「ルイス皇太子と結婚する」と言えば、二人は結婚してしまうだろう。

——ここにアサリアがいれば、「結婚するなんて絶対にありえないけど?」とルイス皇太子を絶望に落とし、オリーネを安心させる言葉を言うのだが、オリーネは知る由もない。

(ルイス皇太子があの女と結婚しなくても、皇太子でいられる方法を考えないと……!)

◇　◇　◇

「ふふっ、なかなか落ちているみたいね」

私はマイミに渡された資料を見て、軽く笑ってそう言った。

資料にはディアヌ男爵家、つまりオリーネの家の事業の経営状況が書かれている。

ダリア嬢が開いてくれたお茶会から一週間ほど経ち、私はディアヌ男爵家の事業の経営状況を調べてもらった。

案の定というべきか、なかなか手痛い打撃を食らっているようね。

ただアークラ侯爵家が本気で潰しにいったにしては、影響が少なすぎる気がする。

さすがに全力では潰しにいかなかったようね。

エイラ嬢もまだ経営を学んでいるわけでもなさそうだったし、アークラ侯爵家の当主が、娘同士の小競り合いだからと、この程度で済ませたのかしら。

それでも結構、経営状況が悪化しているから、今頃オリーネはどんな顔をしているのか。

その顔が見られないのだけが残念ね。

想像だけでもとても楽しいけれど。

「ありがとう、マイミ。助かったわ」

「いえ、大丈夫ですが……ディアヌ男爵家のご令嬢って、ルイス皇太子の浮気相手で、いつもアサリア様に無礼なことをする娘ですよね？」

「ええ、そうね」

マイミもそれなりにオリーネのことを知っているようだ。社交界でも有名だし、私のメイドなら知っていて当然だろう。

マイミは少し怒っているかのように、頬を膨らませる。

「男爵家の令嬢が、スペンサー公爵家のご令嬢のアサリア様に無礼なことをしているなんて、本当に考えられないですね」

「ええ、だから私は身の程を弁《わきま》えさせるために、優しく教えてあげているのよ」

「本当に、アサリア様はお優しいですよね。あれだけ無礼なことをされているのに、この程度で済ませてあげているのですから」

えっ、嫌味で「優しく」って言ったつもりなんだけど、マイミは本当に私の対処が「優しい」と思っているようだ。

「そうね……じゃあマイミなら、公爵令嬢の私に無礼なことをし続けるオリーネ嬢に、どんな罰を与えるの？」

「うーん、まず爪を剝ぐところからじゃないですか？」

……なかなかの罰が来たわね。

四大公爵家のスペンサー公爵家の私に無礼なことをし続けて、多少謝った程度で済ましているけど、本当ならそのくらいはしてもいいかもしれない。

「なるほどね、次はそのくらいしてもいいかもしれないけど……」

「そうですよ、もう二度と逆らえないように懲らしめないとですよ」

「二度とね……」

身体に痛みを与えるのは簡単だ。マイミが言った通り爪を剝ぐなり指を潰すなり、そのような罰を与えればいいだけ。

だけどそれをすると、本当に二度と逆らってこないかもしれない。

それではダメ。身体に罰を与えるなら最期――その首に刃を下ろす時だけ。

オリーネは私に対抗心を抱いているのか、なぜかずっと絡んでくる。

私はそれに対処し、その都度潰していくだけ……それであの子の評判は下がって社交界での居場所はなくなり、苦しんでいくだろう。

私はそれを期待しているから、痛みでの罰をあえて避けているのだ。

「私の心配をしてくれてありがとう、マイミ。だけど大丈夫、私はアサリア・ジル・スペンサーよ？　男爵令嬢や聖女ごとき、本気で潰しにいくことはないわ」

「アサリア様……！　はい、その通りです！　さすがアサリア様です！」

キラキラとした目でそう言ってくれるマイミ。

嬉《うれ》しいけど……回帰する前は、その聖女ごときに殺されたんだけどね。

でも今はそんな失敗は繰り返さない。

軽く捻り潰してやるわ、オリーネのことなんて。

さて、オリーネのことは置いておいて、今日はちょっと大変な日になりそう。

オリーネのことなんて考える暇もないかも。

なぜなら……今日は初めて実戦を経験する日だからだ。

つまり私は今、南の砦《とりで》にいる。

砦の作戦室で心の準備、という時間をイヴァンお兄様にとって頂き、その時間を使ってマイミから資料をもらって読んでいた。

作戦室の外からは魔獣の声などが聞こえてきて、大きな唸《うな》り声とかが響く度に、マイミがビクッとしていた。

「そ、その、アサリア様、ここって本当に大丈夫ですか？　いきなり魔獣が襲ってくることは……」

魔獣を見たこともないマイミが怖がるのは当然のことだろう。

私も回帰する前、初めて砦に来て心の準備をしている時は、外の音を聞いてビクビクしていた。

だけど私はすでに経験済みだから、心の準備などはとっくに出来ている。

「スペンサー公爵家が数十年も守り続けている砦よ。世界一安全な場所に決まっているわ」

「そ、そうですよね！　絶対に大丈夫ですよね！」

マイミは引き攣《つ》った笑みを浮かべながら、自分に言い聞かせるようにそう言った。

まあ普通はこういう反応だろう。

むしろ……後ろで微動だにせず、いつもと全く変わらないラウロが変なのだ。

「ラウロ、あなたは大丈夫？」

「何がでしょうか」

「これから初めて魔獣と戦うと思うけど、緊張とかはしてない？」

「特に変わりはありません」

「……そう」

うん、やっぱりラウロは身体も精神も常人じゃないわね。

まあ知っていたけど。

そんなことを話して時間を潰していると、イヴァンお兄様が作戦室に入ってきた。

「アサリア、ラウロ、準備は出来たか」

「はい、お兄様。私は大丈夫です」

「俺も問題はありません」

「……そうか、では行くぞ」

イヴァンお兄様は私達を一瞥《いちべつ》し、ついてこいというように部屋を出ていく。

私とラウロはそれに続いて部屋を出て、その後ろにマイミも恐る恐るついてくる。

「マイミ、あなたは部屋で待機してなさい。来ても意味ないし、足手纏《あしでまと》いになるから」

「は、はい！　わかりました！」

心底安心したかのように満面の笑みになってから、一礼して作戦室に戻った。

……あの子、私のことを慕ってくれているのはわかるんだけど、自分の感情に正直なのが面白いわよね。

まあそういうところが可愛いのだけど。

「アサリア、余裕そうだな。これから魔獣と戦うとわかっているか？」

メイドのマイミが下がるのを見送っていると、お兄様にそう言われた。

「はい、もちろんです。油断は全くしておりません」

私は笑みを消して、真っ直ぐにイヴァンお兄様の目を見つめる。

お兄様も鋭い目つきで私の目を見てくるが、すぐに視線を外して次はラウロを見やる。

「ラウロ、お前はどうだ。魔獣の相手は初めてだろうが、気負ってはないか」

「俺のやることとは変わりません。アサリア様に傷一つ負わせない。ただそれだけです」

「……そうか」

イヴァンお兄様はそう言って視線を切り、砦の外を目指して歩く。

「お前達なら実力は全く問題ない。あとはいかに実践を積むかだけ。怠るなよ」

「はい、お兄様」

「かしこまりました」

そのまま私達は歩き、砦の外へと出た。

帝国の周囲には魔獣の侵入を防ぐためにとても長い壁が築かれている。

帝国を囲むように大きな壁が築かれており、その東西南北に一つずつ大きな砦がある。

魔獣は人がいるところに集中して寄ってくるという習性があるので、砦には騎士が何百人と駐留している。

南の砦の周辺には凶暴な魔獣が一番多くいて、そこの守護を任されているのがスペンサー公爵家だ。

なぜなら、四大公爵家の中でも最強だから。

砦の壁の上には多くの魔法使いがいて、下にいる魔獣に順番に魔法を放っている。

そして下では、何十体もの魔獣と騎士達が戦っていた。

「魔力を回復させたものから、魔獣に向かって撃て！　仲間の騎士には当てるなよ！」

「上にも注意しろ！　鳥の魔獣もいるから、絶対に逃すな！」

そんな声が絶え間なく飛び交い、魔獣を次々と倒していた。

砦には一日に一度、こうして一気に魔獣が押し寄せてくるのだ。

その時は砦にいる魔法使いと騎士達が総出で対処する。

回帰する前に初めて来た時はここまでの戦場だとは思わず、とても驚いて怖がっていたわね。

「すでに結構魔獣を倒しているようですね」

私は下にいる魔獣の数を見てそう呟《つぶや》いた。

「アサリア、なぜそれがわかった？」

「えっ？　あ、その、お父様にいつも数百体は来るって聞いていましたので」

「……そうか、そうだな。すでに五十体を下回っているようだ」

あ、危ない、回帰する前に経験して得た情報をつい口に出してしまった。

実際に今は魔獣の数が結構少ない……だけど何か違和感があるわね。

「アサリア、まずお前は空にいる魔獣をやれ」

「かしこまりました、お兄様」

「ラウロ、お前は下に降りて可能な限り魔獣を潰してこい」

「アサリア様のもとを離れてもいいのですか？」

「ああ、俺がいるからな」

「……かしこまりました」

ラウロは少し不服そうにしながらも、私に一礼してから離れていく。

砦の上にいるんだし、私は結構安全な場所で魔法を放つことになると思うんだけど。

どれだけ私のことを弱いと思っているのかしら、ラウロは。

まあ確かに一対一でラウロと戦えば負けるかもしれないけど。

ただ、魔獣の殲滅力《せんめつりょく》で負けるとは思わない。

「ラウロ、上には気をつけてね」

砦の壁のギリギリに立っているラウロにそう声をかけた。

「上、ですか？」

「ええ、私が全部魔獣を落とすから、潰されないようにね」

「……ふっ、かしこまりました」

ラウロは振り向いて軽く笑ってから、砦から落ちた。

それを見た魔法使いが驚いて「えっ⁉」と声を上げる。

「こ、ここ、三十メートルは高さあるけど⁉」

慌てて魔法使いが下を覗《のぞ》いて、さらに目を見張る。

「お、落ちて、地面に激突する……あれ、普通に着地して、魔獣の方に走り出して……えっ、いつ剣抜いた？　魔獣の首が、取れてる？　えっ、えっ？」

いい反応をする方ね、ラウロが見えなくてもどんな動きをしているのかが伝わってくるわ。

「壁上の魔法使い、下に向けて魔法を撃つのをやめろ！」

イヴァンお兄様がそう声をかけると、戸惑いながら全員が魔法を撃つのをやめる。

「イ、イヴァン様！　どうしてでしょうか⁉　魔法で下にいる騎士達を援護しないと、騎士達が不利になってしまいます！」

「下は騎士達に……いや、一人の騎士に任せろ」

「一人の騎士……？」

「ああ、一人で戦場を制圧出来る男だ。暇だろうから見学でもするといいぞ」

イヴァンお兄様が魔法使い達に説明しているのを聞きながら、私は上にいる鳥の魔獣達を見る。

ざっと見て、十体くらいかしら。

「イヴァンお兄様、私もやります。なので上を狙っている魔法使いにもやめるように声をかけてください」

「……ああ、わかった」

イヴァンお兄様はそう言って、大声で「全員、撃つのをやめろ！」と声をかけた。

魔法使い達にとってはイヴァンお兄様の言うことは絶対のようだから、すぐにやめた。

さて、ぼーっとしていたら下にいる魔獣をラウロが全部倒してしまうわね。

十体ね、一発も外すつもりはないから、十個の炎の球を私の身体の周りに作る。

「あ、あの女性は誰だ？　いきなりあんな炎の球を十個も……？」

「お前、よく見ろ！　イヴァン様と同じ髪色と瞳の色だ！」

「えっ、じゃあ、あのお方は……！」

鳥の魔獣の動きをよく見て、一気に十個の炎の球を操る。

着弾、着弾、着弾……全ての炎の球が魔獣に当たった。

当たった鳥の魔獣は真っ黒焦げになり、下に落ちていく。

よし、久しぶりに動く標的を狙ったけど、ちゃんと出来たわ。

「い、一番倒すのが難しい鳥の魔獣を、あんな簡単に……⁉」

「魔法が離れるにつれて操作が難しくなるのに、十発同時に操って、一発も外さなかったぞ⁉」

ふふっ、気持ちがいい反応をしてくれるわね、あなた達。

「お兄様、終わりました」

「……ああ、よくやった」

お兄様も少し驚いているかのように目を見開いていたが、すぐに褒めてくれた。

回帰した後、初めて魔獣と戦ったけど、特に問題はなさそうね。

壁上で安全な場所から魔法を撃っているんだから、当然なんだけど。

私はもういいけど、あとはラウロね。

お兄様と一緒に壁上のギリギリに立って、下を覗く。

すると……すでに終わっているようだ。

「は、速すぎる。戦っている姿が見えないのに、いつの間にか魔獣が全部倒されて……！」

ラウロが落ちた時に下を覗いていた魔法使いが、そんなことを言っているのが聞こえた。

私とラウロ、どっちの方が倒すのは早かったのかしら？

さすがに私だと思いたいんだけど、ラウロはおそらく私の倍以上の数の魔獣を倒している。

しかも武器は剣のみ、ただ魔獣に近寄って斬るという近接戦で、一瞬にして。

下にいるラウロは、最後に倒したらしき獅子《しし》の魔獣の上に立っている。

ほとんど返り血も浴びていないようで、顔もいつも通りの無表情だ。

私は魔獣の死体を何度も見たことがあるから耐性がついているけど、ラウロは今回が初めてのはずなのに、本当に余裕そうね。

「ふむ、終わったか……だが、妙だな」

ラウロの働きを見ても特に驚かなかったお兄様が、小さくそう呟いたのが聞こえた。

「お兄様、何が妙なのでしょうか？」

「魔獣の数が少なすぎる。私達が来た時には五十を切っているようだったが、死体の数が少ない」

「確かにそうですね……」

魔獣は最低でも、数百体の群れで来ることが多い。

死体の数を見ると、今回の魔獣の群れは百体もいないようだ。

私が最初に下を覗いた時に抱いた違和感は、死体の数だった。

こんなに少ないことなんてありえるのかしら？

回帰する前に一年以上この砦で戦ってきたけど、こんな少ない時は一度もなかったはずだけど。

「これは何かの異常事態でしょうか？」

「そうだな……あとで南の山付近に探査隊を出すか？　だが魔獣が多くいるのであれば、少人数で行かせるには危なすぎる……」

そんな作戦を一人で呟き始めるイヴァンお兄様。

この砦に来る魔獣は、ほとんどが南の山から降りてくる。

時々、東の砦や西の砦に行くはずの魔獣が南の砦に来ることもあるが、その数は少ない。

多くの魔獣が、一番近くにある砦に降りてくる……ん？

今回、その多くの魔獣が降りてこなかったのだとしたら。

その魔獣は、どこへ行く？

南の砦に降りてこなかったのであれば、東か西に逸れてそちらの砦に魔獣が集まる。

少ない数の魔獣だったら問題ないだろうが、今回は数百体単位で東か西に魔獣が流れている可能性がある。

確かそんな事件が二年前くらいにあったような……あっ！

ちょっと待って、私が今思い出した二年前って、回帰する前の二年前。

その二年後、私は二年前に回帰している……つまり今、その事件が起きているってこと⁉

そうだ、確かにそんな事件がこの頃にあった気がする。

回帰する前のこの頃は、ルイス皇太子とオリーネの浮気で東西南北の砦のことなんて頭になかったから、すっかり忘れていた。

それに南の砦、つまりスペンサー公爵家が守護する砦が襲われたわけでもないから、覚えていなかった。

東か西か、どっちの砦が襲われたのか、全く思い出せない。

「東の砦はモーデネス公爵家で、西はアイギス公爵家……」

どちらに多くの魔獣が流れたのかわからない……だけど、少し予想はつく。

前のお茶会でお会いした、アレクシス・カール・モーデネス公爵令息。

あの人は二年後の二十二歳の時に、モーデネス公爵家の当主になっている。

どれだけ優秀だとしても、若すぎるとは思っていた。

二十二歳という若さで当主になれたのではなく、ならないといけなかった。

それはおそらく――。

「お兄様、私の考えを言ってもいいでしょうか」

「考え？　なんだ？」

「今回の魔獣の群れが少なかった理由としては、南の砦に降りてくるはずの魔獣の多くが、東か西に流れたのではないかと思います」

「っ、なるほど……確かにそれは一理あるな」

イヴァンお兄様が顎に手を当てて、そのことを考え始める。

「南の砦に百体程度しかこなかった、つまり数百体は東か西に流れている。それがちょうど半分ずつ流れたのならそこまでの問題ではないかもしれないが、そう都合よく半分に割れることはないだろう」

「はい、数百体の魔獣が一気にどちらかの砦に流れたのであれば、とても不味い状況になっているかもしれません」

一日に一度、こうして魔獣が一気に降りてくるが、その時間は日によってバラバラだ。

もし、東の砦と南の砦で、今日たまたま魔獣の群れが来る時間が重なっていたら。

さらには南の砦に来るはずだった魔獣が、東の砦に向かっていたら。

その数は二千を超える可能性もある。

「東は水のモーデネス家、西は風のアイギス家。どちらも確かに強いが、その異常事態に対処出来るほどの力を抱えているかどうかわからんな」

「お兄様、助けに行きましょう」

私はスッと助けに行くという選択肢が頭の中に思い浮かび、それが口に出た。

水のモーデネス公爵家は四大公爵家の中では殲滅力が乏しいから、魔獣が多く来たら対処するのはとても厳しいはず。

モーデネス公爵家の水魔法は、飲み水などに変えることが出来る。

普通の水魔法は飲み水にはならないので、それをとても重宝されている。

戦力は四大公爵家の中で一歩劣るが、戦場以外での有用性は四大公爵家の中でも一番だ。

だけど今必要なのは、圧倒的な殲滅力。

私かお兄様のどちらか一人でもいけば、戦況を変えられる。

それほど、スペンサー公爵家の炎は殲滅力が高い。

「っ、本気か？」

私のことを見つめてくるイヴァンお兄様。

公爵家同士は、ほとんど助け合うことはない。

それはお互いの力を信用しているとも言えるし、逆のようにも取れる。

自分の家の力だけ、他の力は信用していないとも言えるだろう。

だから自分達が守っている砦を他の公爵家が、しかも私やお兄様のような直系の令嬢や令息が助けに行くことは前代未聞だろう。

「私達が他の公爵家の砦を助けに行く筋合いはないし、理由もない。たとえ南の砦に来るはずだった魔獣が流れていたとしても、だ」

「はい、その通りだと思います」

「しかも魔獣が流れている可能性があるとしても、なかなか低い確率だ。それなのに助けに向かうなどしたら、スペンサー公爵家が他の公爵家の力を下に見ていると思われるような行為になる」

確かにお兄様の言う通りだ、リスクはとても大きい。

それでも私は助けに行きたいと思ってしまった。

なぜなのかは自分でも少し考えたけど……。

「それでも……助けてもらえないというのは、辛いですから」

回帰する前、ルイス皇太子とオリーネの二人の関係に悩んでいる時は、誰も助けてくれなかった。

それが一番辛い時期だった。

私が回帰する直前、お父様が死刑を覆そうとしてくださった。

結果はダメだったけど、それでも助けようとしてくれる存在がいたことが救いだった。

あの時にお父様が私のことを助けようと動いてくれなかったら、回帰した後にこれほど意欲的に動くことは出来なかったと思う。

たとえ今回、私が知っているような事件が起きていなかったとしても、助けに行くという態度を示すことは……いつか誰かを救うことになると思う。

あ、もちろん、ルイス皇太子とオリーネを私が助けることは絶対にないけど。

あの二人は別、私を殺したんだから。

「……そうか」

私の気持ちが伝わったのかはわからないが、お兄様は短くそう答えた。

な、なんか反応が悪い？

これじゃあお兄様を説得出来ないかもしれないわ……！

「あの、もしどちらかの公爵家が困っているとしたら、恩を売ることも出来るかもしれないですし、その……」

「ああ、そうだな、じゃあ行こうか」

「……えっ？　助けに、行くのですか？」

さっきまでお兄様は助けに行くのを反対している感じだったのに？

「アサリアは、助けに行きたいのだろう？」

「は、はい」

「それなら行くか。妹の頼みだからな」

少し照れたように顔を逸らしたイヴァンお兄様。

まさかそんなことを言われるとは思っておらず、私もビックリしてしまった。

「……それに他の公爵家に恩を売ることが出来るのは大きい。リスクはあるが、助けられた時の利益の方が大きいだろう」

照れ隠しのようにそう話すイヴァンお兄様に、私は思わず笑ってしまった。

「ふふっ、イヴァンお兄様、ありがとうございます！」

「……ああ。それより、西と東のどちらを助けに行くべきか」

「そうですね……」

私は東の砦、つまりモーデネス公爵家が危ないと思っている。

だけど実際、今回はどちらに流れているのかは確証がない。

今回起きているのが回帰する二年前の事件なのかもわからないし、その事件が今起きているのだとしても、モーデネス公爵家の方に魔獣が向かったかどうか覚えていない。

　理想は、どちらも助けに行くことだ。

「私が東に行って、お兄様は西に行くのはどうでしょうか？」

「二手に分かれるのか？　だがアサリアは高速移動が出来ないだろう？」

　炎の魔法を操って、自身を浮かして後ろへ炎を噴射し、高速移動をするという技がある。

　その技を駆使すれば東の砦に行くのにかかるのは、おそらく一時間程度だろう。

　普通に移動すれば半日以上はかかるから、とても速いことは確かだ。

　だけどこれはとても難しい技で、まだお兄様には習ってない……回帰した後は。

「いえ、出来ます」

　私はそれを証明するように、砦の壁から落ちる。

「っ、アサリア！」

　驚いてそう叫んだイヴァンお兄様。

　まさかそこまで驚かれるとは思わなかったけど、すぐに炎を操って自身の身体を浮かせる。

　魔法で作り出す炎は、普通の炎とは違う。

　だから魔力を操作すれば、自分には傷一つつかない炎を作り出すことが出来る。

　それを利用して身体の近くで炎を爆発させて推進力を使い、空気を押し出して身体を浮かせる。

「お兄様、どうでしょうか？」

私が優雅に着地をすると、お兄様も私と同じ要領で降りてきて、ため息をついた。

「まあそれが出来るなら高速移動も大丈夫か」

「はい、大丈夫です」

「魔力量は十分か？　高速移動を一時間もしていれば、なかなか魔力を使うと思うが」

「全く問題はありません」

「……そうか、特に教えていないはずだが」

なんか呆れたように、またため息をつかれた。

さすがにこれが出来るというのは怪しまれたかしら？

だけど回帰したことを話してもさらに怪しまれるだけだと思うから、何も説明は出来ないわね。

「と、とにかくお兄様、事態は一刻を争います、早く行きましょう」

「どこに行かれるのですか？」

「っ、ラウロ、いつ私の後ろに来たの？」

いきなり後ろから話しかけられてビックリしたが、振り向くといつも通り無表情のラウロがいた。

少しだけ返り血を浴びたのか、頬がやや赤く染まっている……傷じゃないわよね？

「アサリア様が降りてきた瞬間です。それで、どちらに行かれるのですか？」

「他の砦に魔獣が集まっている可能性があるから、私が東へ、お兄様が西へ助けに行くのよ」

「かしこまりました。では俺もアサリア様と共に行きます」

「それは難しいと思うわ。私は炎で高速移動をするから、一時間ほどラウロが全力疾走をしないといけなくなるわ」

「それなら大丈夫です、出来ます」

「……本当に？」

一時間も全力疾走よ？　普通は無理でしょ？

いや、ラウロは普通じゃなかったわね……。

「じゃあついてきて。あなたがいれば心強いわ」

「はい、もちろんです」

ラウロが強く頷《うなず》いてくれたのを見て、私はお兄様と顔を見合わせる。

「ではお兄様、私はラウロと東の砦へ向かいます」

「ああ、俺は西へ。無理はするなよ」

「はい、ありがとうございます」

そして私達は他の砦を救うために、高速移動を開始した。

◇　◇　◇

東の砦にいるアレクシス・カール・モーデネスは、騎士達に指示を飛ばしていた。

「総員、魔法準備！　放て！」

炎や土、風の魔法が数十発放たれて、目の前にいる魔獣達を倒していく。

しかしその数は一向に減る気配がない。

「くっ、なぜこんなにも魔獣の数が……！」

お茶会やパーティーではいつも飄々《ひょうひょう》とした雰囲気を漂わせているアレクシスだが、戦場ではそんな雰囲気は一切ない。

モーデネス公爵家の嫡男として、威厳ある態度で指示を出している。

しかしそれでも今回の魔獣の群れは、防ぎきれていなかった。

「アレクシス様！　魔獣はまだ千体以上います！　これ以上、騎士達が盾や剣で抑えることは出来ません！」

騎士達が百人以上で盾と剣を持ち、前線で抑えてくれているのだが、それも限界を迎えていた。

すでに千体は倒しているのに、魔獣はまだまだいる。

「くっ、どうすれば……！」

指揮を任されていたアレクシスも水の魔法を放っているのだが、なかなか数が減らない。

水魔法は魔獣を倒すことは出来るのだが、攻撃に特化しているわけではない。

しかも一番の問題点は、水魔法を放ち続けると地面が濡《ぬ》れて滑ってくる。

前線で耐え続けている騎士達がぬかるんだ地面で滑って転んだりでもしたらいけないから、大規模な水魔法を使えないのだ。

アレクシスが何も打つ手がないと思っていたところ……隣で共に魔法を放っていた父親、モーデネス公爵家当主のミハイル・ホロ・モーデネスが声をかけてきた。

「アレクシス、全騎士を退かせるんだ」

「っ、父上⁉　何を言っているのですか⁉」

「今から私が、奥の手の魔法を使う。だから私の前に騎士がいたら巻き込んでしまうからな」

「奥の手？　父上、そんな魔法があるのですか？」

そんな魔法があるなら、なぜこれほどギリギリになるまで使わなかったのか。

「ああ。水のモーデネス公爵家だからこそ出来る奥の手、自身の体内の水を使うことで、水魔法の威力を増幅させる。どれだけ魔獣がいても、溺死させることが出来るだろう」

「体内の、水？　待ってください父上、まさか……！」

「……これは死を覚悟した魔法だ」

「ダメです、父上！」

アレクシスは何も考えず、自分の気持ちだけでそう叫んでしまった。

「……アレクシス、砦を守るためには使うしかないのだ。魔獣がこの砦を突破したら、何万人という被害者が出る。それだけは、四大公爵家として防がないといけない」

「しかし父上がいなければ、モーデネス公爵家は……！」

「お前がいる。アレクシス、優秀なお前がいるからこそ、私は奥の手を不安なく使うことが出来るのだ」

モーデネス公爵家の当主であるミハイルは、父の顔を見せながらアレクシスの肩を叩く。

「あとは任せたぞ、アレクシス」

「っ……！」

「さあ、アレクシス。全騎士を撤退させてくれ」

覚悟が決まったかのように、ミハイルは前に出る。

アレクシスも悔しそうに顔を歪《ゆが》めながらも、全騎士に指示を出す。

後ろに下がり、モーデネス公爵家当主の最期を見届けよ、と。

騎士達が下がるごとに、魔獣が砦に近づいてくる。

ミハイルが魔法を準備し始めるが、アレクシスは何か打開する術はないか考えていた。

しかし……。

（ない、何も……父上が命を賭して魔獣を一気に倒すこと以外、何も。僕はまだ奥の手は使えないから、代わりになることも出来ない）

父上に全て任せて見ているとしか出来ないのが、何よりも悔しい。

もう自分が出来ることはない、せめて……父上の最期をこの目に焼き付ける。

目を逸らすわけにはいかない。

そして、ミハイルの魔法の準備が整った。

（っ、父上……！）

ミハイルが魔法を放とうとした瞬間――。

――真っ赤な炎が、多くの魔獣を包み込んだ。

「はっ……？」

アレクシスは思わずそんな声を出してしまった。

東の砦で戦っていた騎士達も突如現れた巨大な炎の壁に、驚きが隠せない。

ミハイルも集中力が切れてしまい、奥の手の魔法を放つことが出来なくなった。

「い、一体何が……？」

アレクシスが周りを見渡し、そして強い魔力の反応を見つけて上を見る。

そこには真っ赤な長い髪を揺らし、炎を纏って宙に浮いている女性がいた。

アレクシスは前にあの女性に会うためだけにお茶会に行ったことがあるが、一目で誰かわかるほどの凜々《りり》しくて美しい容姿。

「四大公爵家スペンサー家のアサリア・ジル・スペンサーです。モーデネス公爵家へ、助太刀に参りました」

アサリアが僅かな微笑みを携えて、最強の援軍として来てくれた。

宙に浮いていたアサリアが地面に降り立ち、優雅に頭を下げる。

「ミハイル・ホロ・モーデネス公爵様。非常事態ゆえ、挨拶は省略させていただきます。ここは私にお任せください」

「アサリア・ジル・スペンサー嬢、なぜここに？　いや、それよりも、君だけに任せるわけには……！」

来てくれたのは助かるが、ここはモーデネス公爵家が守るべき砦。

さすがにスペンサー公爵家の令嬢一人に任せるわけにはいかない。

「お気遣い感謝しますが、大丈夫です。ご存じの通り、そして見てわかる通り……私の魔法は、味方を巻き込んでしまう可能性が高いので」

アサリアがパチンと指を鳴らすと、炎の壁が一気に激しさを増して魔獣をどんどんと飲み込んでいく。

炎の壁に魔獣が触れた途端、その身体に一気に炎が回り丸焦げになっていく。

アレクシスはそれを見て、確かに下手に前に出てあの炎に当たったら洒落《しゃれ》にならないと感じた。

(しかしいくらなんでも、一人で千体以上の魔獣を相手にするのは……？　なんだ、あの影は？)

炎が魔獣を倒しているのは砦の手前の方、そして奥の方には多くの魔獣の中心に素早く動く影があった。

（あれは、人か？　騎士？　いやだが、速すぎないか？）

遠くにいるせいもあるが、人の影だと認識するのが難しいほど速く動いている。

「それと私は一人で来たのではなく、専属騎士を連れてきております」

「専属騎士……まさか噂になっている者か？」

「はい、名はラウロ。私の専属騎士にして、最強の騎士です」

あの影が通った場所の魔獣が次々と倒れていく。

アレクシスも噂は聞いていたが、あれが騎士になってすぐの平民？

どんな才能があれば、短期間であんなに強くなれるのか。

「ラウロって、本当に化け物だわ。一時間も私の高速移動についてきて、さらに戦いとなるとそれよりも速く動くって何？　どういうこと？」

アサリアが小さくそう呟いていたのだが、アレクシスには聞こえていなかった。

それよりも、炎を操り次々に魔獣を倒すその後ろ姿、横顔を見つめていた。

（なんと強く、美しい女性なのか……）

もうダメかと思っていた。

ずっと慕っていた父上が死ぬと、そう覚悟していた。

それを、こうも簡単に覆してくれた。

こんなにも気高く美しい炎を、アレクシスは見たことがない。

「す、すごい、魔獣がどんどん減っていくぞ……！」

「もうダメかと思っていたが、凄すぎる……！」

後ろで見ていた騎士達も口々にそう言っているのが聞こえて、完全に落ちていた士気が上がっていた。

アサリアがチラッと後ろを見てそれを確認した。

「……ふぅ。モーデネス公爵様、すいません。意気込んでここまでやってきましたが、ここまでくるのに魔力を使いすぎてしまったようです」

アサリアが少し疲れたかのようにため息をつきながらそう言った。

アレクシスはすぐにそれが嘘だとわかった。

確かに急いでここまで来るために魔力を使ったのだろうが、ここまでの大魔法を簡単に使っておいて疲れているなんて、嘘に決まっている。

ミハイルがそれを聞いて目を見開き、口角を上げた。

「そうか……それならあとは私達に任せてほしい。もう魔獣も二百体ほどしかいないから、私とアレクシスの魔法だけでいけるだろう」

ミハイルがそう言った瞬間、アレクシスはアサリアの考えに気づく。

このままアサリアと専属騎士のラウロが全部倒したら、東の砦で戦っていた騎士達がモーデネス公爵家を見限ってスペンサー公爵家に行く可能性がある。

おそらくアサリアとラウロは二人で魔獣を全て倒し切る余裕はあるが、それを考慮してミハイルと自分が戦えるように仕向けてくれたのだ。

「ありがとうございます、モーデネス公爵様。私の騎士も退かせていいでしょうか？」

「ああ、あとは私とアレクシスに任せてくれ。感謝する、アサリア・ジル・スペンサー嬢」

ミハイルの言葉に、アサリアがニコッと笑って一礼した。

そしてアサリアが魔獣の方を向き、炎を消した。

「ラウロ、来なさい」

とても遠くでいまだに魔獣を倒して回る影。

その騎士に向かって言ったようだが、あまりにも声が小さすぎる。

アレクシスはそう思っていたのだが、突如目の前に男が現れていた。

「アサリア様、お呼びでしょうか」

「もう十分よ。あなたも疲れたでしょうから、あとはモーデネス公爵家に任せます」

「かしこまりました」

その騎士、ラウロはアサリアの命令に従い、後ろに下がった。

「いくぞ、アレクシス。ここからは我々の番だ」

「っ……はい、父上！」

アレクシスは前に出る際、アサリアと後ろに控えているラウロの方を向いた。

アサリアと視線を合わせ、軽く微笑んで頭を下げた。

最大の感謝を込めて。

アサリアも笑みを浮かべて会釈をしてくれた。

騎士のラウロからは睨まれたが、それは無視してアレクシスはミハイルと共に前に出る。

「父上、やりましょう」

「ああ、アレクシス。いくぞ」

ミハイルとアレクシスは同時に大量の水を出すと、その水がまだ生きている魔獣達を一気に飲み込んでいく。

そしてその巨大な水の塊は宙に浮いていき、その水の中にはジタバタして抜け出せない魔獣が二百体以上。

その水の塊がどんどん小さくなっていき、二百体の魔獣は水の中でどんどんと押し合って潰れていく。

そして最後には魔獣が全部潰れて、真っ赤な水の塊となった。

炎と同様に、とても派手な魔法であった。

その水が宙から無くなったと同時に、騎士達から歓声が上がる。

魔獣の群れの異常事態は、終わったのだった。

エピローグ

私とラウロが東の砦《とりで》でモーデネス公爵家と共に戦ってから、数日後。

皇宮にて、私達の叙勲式が行われていた。

守るべき砦ではないのに東の砦の危機に駆けつけ、モーデネス公爵家の当主の命、そして砦を突破されていたら失われていたであろう多くの命を救ったということに対しての勲章だ。

公爵家が砦を守るのは当たり前というか、その責務があってこその四大公爵家なのだが、他の公爵家を救ったというのは今までに一回もなかったことらしい。

だからこそ、ここで私に勲章を授与することにより、帝国の危機があれば四大公爵家同士でも協力して欲しい、ということを示す意図もあるようだ。

叙勲式の場、周りには四大公爵家が勢揃《せいぞろ》い。

私とラウロはその真ん中で、皇帝陛下の前で跪《ひざまず》いている。

「アサリア・ジル・スペンサー嬢。そなたは帝国に大きな功績を残した。その功績を讃《たた》え、皇室薔《ば》薇《ら》勲章を授ける」

「光栄でございます、皇帝陛下」

私は大きな薔薇が描かれた盾の勲章をいただいた。

帝国の勲章の中で、最高のものだ。

平民がこれを授与されれば、一気に伯爵くらいの爵位を授かるだろう。

公爵令嬢である私が貰《もら》っても爵位が上がるわけではないが、公爵令嬢の中でも頭一つ抜けた存在にはなる。

「騎士ラウロ。そなたの素晴らしい功績を讃え、騎士爵位を与える」

「ありがとうございます、皇帝陛下」

ラウロには騎士爵位、これでラウロは平民ではなく貴族となった。

地位としては男爵とほぼ同じだが、これまでと大きく違うのは家名を名乗れることだろう。

皇室から名を授かることも出来るのだが、ラウロは自分で決めることを選んだらしい。

ラウロの中で名前の候補があるのかしら、どんな名前にするのか楽しみね。

叙勲式が終わり、私とラウロはいろんな方にお祝いの言葉をもらう。

笑顔を絶やさずお礼を言い続ける……少し疲れてくるわね、これ。

そして最後に、ルイス皇太子が側に寄ってきた。

「……おめでとう、アサリア」

「ふふっ、ありがとうございます、ルイス皇太子」

回帰する前から含めて、ルイス皇太子に「おめでとう」なんて称賛されることはなかったわね。

ルイス皇太子だけじゃなく、これほどの人に褒められることはなかった。

むしろ悪い噂《うわさ》が流れてばかりだったから、回帰する前と比べると私に対しての評価は、随分と違うものになってきただろう。

「さすがは私の婚約者だ。とても素晴らしい功績を残したな」

……ふふっ、この人は私をイラッとさせる能力だけはあるようね。

「お褒めに預かり光栄です。しかしルイス皇太子、女性を褒める時にそのような言い方はいかがなものかと」

「なに？」

「まるで自分の所有物のような言い方……皇太子ともあろうお方がそのような言葉でしか女性を褒められないというのであれば、問題かと思いますが」

おそらく「私の婚約者」と言うことで、皇帝陛下や四大公爵家の方々にしっかり婚約しているということを示そうとしたのだろう。

しかし私は皇太子との婚約をいつでも破棄出来るし、このまま結婚をするつもりは一切ない。

だから周りに「あの二人は仲良くやっていないようだ」と思われても問題ないし、むしろ思われた方がいい。

「っ……それは失礼した」

あら、素直に謝るなんてとても珍しいわね。

まあここには皇帝陛下もいるし、他の四大公爵家の方々も揃っている。

そんな中でこれ以上の恥はかけないだろう。

「帝国の勲章の中でも最高のものだ。アサリアの素晴らしい行動を称えるにはそれでも十分じゃないと思うが、おめでとう」

「ふふっ、ありがとうございます。そうですね、この素晴らしき勲章は、男爵家でも皇族と婚約を認められるほどの勲章ですからね」

「っ！」

ルイス皇太子の身体がビクッとして、目を見開いた。

やはり今回もすでにそれを考えていたようね。

回帰する前、私との婚約を破棄したルイス皇太子はオリーネと婚約し結婚をするために、オリーネにこの皇室薔薇勲章を与えた。

聖女として働いていたオリーネが数人の命を助けた時に、今後も多くの命を助けるだろう……という結構適当な理由で。

そしてその勲章を授かった聖女オリーネは、ルイス皇太子と婚約しても全く問題なく、そのまま皇太子妃となった。

回帰する前、ルイス皇太子が私との婚約を破棄しても皇太子でいられたのは、私の評判がとても悪かったことと、最高の勲章を受け取ったオリーネと婚約したからだ。

ただ今回はもう私に悪い評判はなく、むしろ最高の勲章を先に私が受け取った。

もうこの人が皇太子のままでいられる道は一つ、私と結婚すること。

ただそれは絶対にありえないけどね。

「ルイス皇太子、私にお言葉をかけていただくのも大変嬉《うれ》しいですが、今日の主役はもう一人いらっしゃいます」

「っ、ああ、そうだな」

ルイス皇太子は私の言葉にとても驚いているようだったが、気を取り直すように咳払《せきばら》いをしてから、私の隣にいるラウロを見る。

「騎士ラウロ、爵位授与おめでとう」

「……ありがとうございます、皇太子殿下」

軽く会釈をするラウロ。

ふふっ、前に怪我を負わされた騎士に「おめでとう」って笑みを浮かべて言わないといけないのは、どんな気持ちなのかしら？

怪我を負ったのはルイス皇太子が殴ったからだけど。

「ではルイス皇太子、私達はこれで失礼いたします」

「あ、ああ……」

引き攣《つ》った笑みを浮かべて私達のことを見送るルイス皇太子に、今日一番の作り笑いが出来た気がした。

その後、私達はモーデネス公爵家が主催した祝賀会に招待された。

とても盛大に開いてくれて、全ての貴族家に招待状を送ってくれたらしい。

だからオリーネも来る……と思いきや、彼女は来ていない。

前のエイラ嬢との揉《も》め事の時に、親のディアヌ男爵にこっぴどく叱られたようで、それからお茶会やパーティーには一切顔を出していないようだ。

オリーネにもお褒めの言葉を頂きたかったけど、残念ね。

まああの子がお茶会などに出られずに苦しんでいるのならいいわ。

私とラウロは大きな会場の中、モーデネス公爵家の当主に挨拶をする。

「ミハイル・ホロ・モーデネス公爵様、本日はこのような祝賀会を開いていただき、ありがとうございます」

「モーデネス公爵様、ありがとうございます」

当主のミハイル様は濃い蒼《あお》色の髪を後ろに流していて、少し線が細い印象を受ける。

「アサリア嬢、ラウロ殿、礼を言うのはこちらの方だ。君達が来てくれたお陰で、モーデネス公爵家が守護する東の砦は守られた。君らが来てくれなかったら、砦は破られてしまっていただろう」

ミハイル様は、戦場では見られなかった優しそうな笑みを浮かべてそう言った。

東の砦は破られてしまっていたと言っているが、おそらくそれは嘘《うそ》だろう。

回帰する前、私が死ぬまでにどこかの砦が一回でも破られたということはなかったはず。

私達が行かなくても、砦は破られていなかったと思う。

だけど……その代償に、何かを失っていたはずだ。

それを防げたのなら、助けに駆けつけて助けた甲斐《かい》があった。

「いえ、四大公爵家の者として、帝国の守護者としての責務を全うしただけです」

「アサリア嬢のような若くて美しい女性がそれほどの意識を持っているのであれば、スペンサー公爵家も安泰だな。同じ四大公爵家として嬉しく思うぞ」

「お褒めに預かり恐縮です」

ミハイル様に挨拶をした後、会場を回っていろんな方にお祝いの言葉をいただく。

この会場にはどうやらルイス皇太子は来ていない、というか呼ばれていないらしい。

多分、ミハイル様にアレクシス様が私と皇太子の関係を見抜いて、気を遣ってくれたのだろう。

そしてもちろん、オリーネもいない。

あの二人が来ても特に問題はないけど、視界に入るだけで少し気分が落ちるかもしれなかった。

だからこの会場には私の気分を害する者が誰もいないから、何も気にせず祝賀会を楽しめる。

それに……好きなお菓子がいっぱいあるわ！

さすがモーデネス公爵家、私が好きなお菓子をしっかり調べて、珍しいお菓子も取り寄せてくれている。

会場の中には落ち着いて食べられるように席も用意されているし、私以外の人達も座れるようになっていて、私一人だけが食べて目立つようなことがないようにもしてくれている。

主役で公爵令嬢である私がテーブル席に座れば多くの令嬢が集まるので、みんなでお菓子を食べ始めた。

はぁ、やっぱりお菓子は最高ね。

甘いスイーツもいいけれど、モーデネス公爵家が用意してくださった塩っ気が強いお菓子もとても美味しいわ。

周りの令嬢達も食べてはいるけど、見ていると少し遠慮しているのかあまりお菓子に手を伸ばさない。

「あなた達ももっと食べてもいいのよ？　ここにある分がなくなっても、モーデネス公爵家が祝賀会中にお菓子を切らすなんてことはないでしょうから」

「ありがとうございます、アサリア様。気持ちは大変嬉しいのですが、遠慮しているというわけじゃなくて……」

「？　だったらなんで食べないのかしら？　美味しくない？」

「いえ、とても美味しいのですが……！　これ以上食べると、太りそうで……」

少し恥ずかしそうに答えた令嬢に、周りの令嬢達も同意するように小さく頷《うなず》いていた。

確かに、そういう心配はあるわね。

「アサリア様はとてもスタイルがいいですよね、顔も小さくてすごくお綺麗《きれい》で、憧れます」

「そう？　ありがとう」

「何かスタイルを保つ秘訣《ひけつ》などはあるのでしょうか？」

「秘訣、ね……」

スタイルを保つ秘訣なんて、意識してやっていることは一つもない。

ただ私は魔獣を倒すために鍛えているし、魔法を放つのにもかなり体力を使う。

だからお菓子とかを少し食べたところで、太ることはないだろう。

「魔法をぶっ放すことかしらね」

「ま、魔法を……さすがアサリア様ですね」

正直に話したら、少し引かれてしまったようだ。

まあ普通の令嬢がやるようなことではないし、真似も出来ないだろう。

だけどこれほどお菓子があるのだから、私が一人で食べ続けても余ってしまうわね。

「ラウロ、ずっと私の後ろに立っているけど、お菓子食べない？」

「いえ、俺は結構です」

……まあ、そう言うと思ったけど。

ラウロは甘いものが少し苦手なようで、私がよく食べるお菓子は食べない。

屋敷で私がお茶をする時も座らずに、いつも私の後ろに立って護衛に徹している。

それが仕事だからと言われれば終わりなんだけど、少しは一緒にお茶を楽しみたい。

「このお菓子は甘くないもので、塩っ気があって美味しいわよ？　甘いのが苦手なラウロでも美味しく食べられると思うわ」

「いえ、俺はアサリア様の専属騎士ですので」

なんで私の専属騎士だったらお菓子を食べないのよ。

はぁ、なんだかしょうがないわね。

「ラウロ、私の隣に来てしゃがみなさい」

「はい」

言うことを素直に聞いて、ラウロは私の横で膝をついた。

座っている私と、ほとんど同じ頭の高さになる。

「口を開けなさい」

「口を？」

「早く」

「……ふぁい」

不思議そうにしながら、ラウロは口を開けたまま返事をした。

ふっ、今ね。

私は手に取ったお菓子をラウロの口に運んだ。

甘いスイーツではなく、ちゃんとラウロが食べられそうなお菓子を選んだわ。

ラウロはとても驚いたようで、すぐに口を閉じた。

私はお菓子を手で口まで運んでいたので、その際に少しだけ指を咥《くわ》えられてしまった。

「っ！　も、申し訳ありません、アサリア様！」

「ん？　大丈夫よ、このくらい」

別に舐《な》められたわけじゃないし、咥えられたのは私のせいだしね。

テーブルに置いてある手拭きで指を拭いて、頬を赤く染めているラウロを見る。

「どう？　美味しいでしょ？」

「……いや、その、ちょっとわからなかったです」

「えっ、なんで？　味覚失ったの？」

「いいえ、そうではなく……いきなりでしたので、味わう間もなく飲み込んでしまいました」

「あら、そうなのね。じゃあもう一回口を開けて」

「っ！　い、いいえ、自分で食べられますから」

さらに頬が赤くなったラウロは立ち上がり、「失礼します」と言ってテーブルにあるお菓子を手に取り、一口食べた。

「っ……はい、とても美味しいです」

あまり顔色を変えないラウロが、お菓子を食べて目を見開いて驚いているようだ。

それだけ美味しいと感じたのだろう。

「そうでしょ？　今日はあなたと私のために開かれた祝賀会なのだから、護衛は少し休んで一緒に楽しみましょう？」

「……そうですね。ではアサリア様、横に座らせていただいてもよろしいでしょうか？」

「ええ、もちろん」

ラウロは椅子を持ってきて、他の令嬢に「失礼します」と一礼してから隣に座った。

「ありがとうございます、アサリア様」

「お礼を言われるようなことなんて何もしてないわよ」

「……はい、それでもお礼を言いたくて」

ラウロはそう言って、嬉しそうに笑みを浮かべた。

顔立ちは整っているんだから、そうして表情を動かせばもっとカッコよくなってモテると思うんだけど。

「ラウロ様が笑ったわ……！」

「可愛くてカッコいい、素敵……！」

……いや、無表情でもカッコいいからモテていたわね、ラウロは。

ラウロが参加してから、しばらくご令嬢達と一緒にお菓子とお茶を楽しんだ。

会話の内容は令嬢達からの質問がほとんどだったけど、ラウロと私の関係について聞かれることが多かった。

別に見ての通り、公爵令嬢とその専属騎士というだけなんだけど。

「そ、それ以上の関係では？」

「何かその関係を超えたものはないのですか？」

とか興奮した様子で聞かれたんだけど……よくわからなかったわ。

ラウロには専属騎士として私の警護をしてもらっているから、信頼はしているけどね。

ラウロも色々と質問をされていたけど、必要最低限のことしか喋《しゃべ》っていなかった。

ただお菓子は気に入ったのか、私と同じようにバクバクと食べていた。

令嬢達のように太るとかは全く気にしなくていいだろうから、気に入ったのならいっぱい食べるべきね。

なんだかその様子を見ているとやっぱり犬、番犬みたいで可愛いと思ってしまったわ。

……少しお茶を飲みすぎてしまったかしら。

「失礼、席を外させてもらうわ」

「お供します、アサリア様」

私が席を立ったら、条件反射のように立ち上がってついてこようとするラウロ。

「待っていいわよ、ラウロ。私は化粧直しに行ってくるだけだから」

「化粧直し？　特に崩れているようには見えませんが。いつも通り、お綺麗なままです」

その言葉に周りの令嬢達が小さく黄色い歓声を上げたのが聞こえて、私は軽くため息をつく。

「ラウロ、それは嬉しいけど、そういう意味じゃないのよ」

「？　どういう意味でしょうか」

私はラウロに近づき、耳元で他の令嬢に聞こえないように伝える。

多分、他の令嬢はすでに気づいていると思うけど。

「私が行きたいのはお手洗いよ」

「っ、すみません、失礼しました」

すぐに頭を下げるラウロ、恥ずかしかったのか頰が赤くなっている。

私も少し恥ずかしいけど、まあラウロなら仕方ないだろう。

「いえ、大丈夫よ。だからあなたはここで待ってて」

「はい、かしこまりました」

「皆さん、ラウロをここに置いていきますが、この通り少し配慮が足りないところがありますので、お手柔らかにお願いね」

私がそう言って離れると、ラウロが令嬢達に囲まれながら席に着いたのが見えた。

「ラウロ様、アサリア様がいない時にぜひお聞きしたいお話があるのですが……！」

「アサリア様個人のことは俺から話すことは出来ませんが」

「いえ、そうではなく、ラウロ様のお気持ちなどを――！」

そんな声が聞こえたけど、その場から離れてお手洗いに向かった。


化粧直しを終えて、会場に戻ってきた。

ラウロは令嬢達としっかり話せているかしら？

まあ全く喋れないわけじゃないから、大丈夫だと思うけど。

ラウロ達が待つところに行こうとしたら、後ろから声をかけられた。

「アサリア嬢」

「あら、アレクシス様」

この祝賀会を開いてくださったモーデネス公爵家の嫡男、アレクシス様だった。

「祝賀会、楽しんでいるかい？」

「はい、とても楽しいです。私達のためにこのような祝賀会を開いてくださり、本当に感謝しております」

「モーデネス公爵家の名誉と、人々の命を守ったんだ。このくらいは当然だよ」

アレクシス様は戦場で見た厳しい顔つきではなく、いつも通り飄々《ひょうひょう》とした余裕な笑みを浮かべて話しかけてきた。

だけど、どこかいつもよりも真面目な感じがあるかも？

私の勘違いかもしれないけど。

「今、時間はあるかい？　少し二人で話したいと思ってさ」

「時間ですか？　はい、もちろん大丈夫ですが」

ラウロ達のところに戻ろうとしていたけど、少し遅れるくらいなら大丈夫でしょう。

「そうか、じゃあついてきて」

「はい」

「……お手を取ってもいいかい？」

「えっ？　あ、はい、お願いします」

まさかアレクシス様にそんなことを言われるとは思わず、少しビックリした。

だけど別に深い意味はないだろうと思い、私が手を差し出すとエスコートをするように手を取ってくれたアレクシス様。

「うん、では行こうか」

「はい」

そして私とアレクシス様は会場を出て、外へと向かった。

すでに外は日が沈んでいて、結構暗くなっていた。

だけどモーデネス公爵が用意してくださった会場の中庭には明かりがついており、花畑がライトアップされていてとても綺麗な場所だった。

「会場からは結構離れたから、ここなら誰も来ないだろう」

「はい……それで、お話とはなんでしょうか？」

アレクシス様が手を離し、私に向き直った。

いつも通り、優しげな笑みを浮かべている彼だが、さっきよりも真面目な雰囲気があった。

「まだしっかりお礼を言ってなかったから。アサリア嬢、君が東の砦に来てくれたお陰で、本当に助かった。ありがとう」

「そのことですか？　もうすでにお言葉をいただきましたが……」

アレクシス様から直接言われたこともあったし、当主のミハイル様からも何回も言われている。

「何回言っても言い足りないよ。だから改めてもう一度、僕は君に言いたかったんだ。本当にありがとう、アサリア嬢」

私に頭を下げてお礼を言ったアレクシス様。

「この祝賀会はお礼として開いたけど、まだまだ恩は返しきれていない。何か力になれることがあったら言ってくれ。個人的なことでも、モーデネス公爵家の力を使ってでも助けになるよ」

お礼としてこんな素晴らしい祝賀会、美味しいお菓子を用意してくれたけど、公爵家同士のお礼としてはまだ弱いのだろう。

お兄様も言っていたけど、他の公爵家に恩を売れたというのは大きいだろう。

まあ私はそこまで恩を利用して何か悪巧みをしようとは全く思ってないけど。

あるとしたら、ルイス皇太子とオリーネを陥れるために、何か手伝ってもらうことくらいかしら？

だけどそれは自分の力でやりたいし、本当に利用することはないかもしれないわね。

私はただ、無事に助けられただけで十分だったから。

「はい、ありがとうございます、アレクシス様。何かありましたらよろしくお願いします」

「ああ、いつでも君の力になるよ」

私とアレクシス様はそう言って笑い合った。

しかし、用件というのはこれだけなのかしら？

お礼を言うくらいなら会場を抜け出さなくても別によかった気がするけど。

「他に何かお話はありますか？」

「ん？　ああ、そうだね。アサリア嬢には僕と話す時は敬語なしでお願いしたい、ってくらいかな？」

「それは前にも言いましたが、私は婚約者がいる身ですので他の殿方と親しげに話すのは避けた方がいいと思いまして」

「だけど、婚約破棄するんでしょ？」

アレクシス様は少しニヤッとしながら、何も包み隠さずに言ってきた。

前に会った時にも気づいているようだったけど。

さすがにこの話は会場では出来ないわね。

「……今はまだ決まっておりませんので、お答えすることは出来ませんが」

「あはは、それは破棄することは確定で、いつ破棄するか決まってないだけでしょ？」

「さあ、どうでしょうか」

「ふふっ、君も悪《わる》だね。あんなアホみたいな皇太子、さっさとフっちゃえばいいのに」

「悪で結構です。私はそのように生きると決めていますので」

私もニヤッと、悪女のように笑いかけた。

アレクシス様は私の表情に驚いたのか目を見開き、そしてまた優しげに笑った。

「そっか……じゃあ今は敬語でもいいよ。それより、話したいことがもう一つ」

「なんでしょうか？」

「僕と、婚約しない？」

「……はい？」

アレクシス様の口から放たれた言葉に理解が及ばずに、惚《とぼ》けた声が出てしまった。

とても軽く、だけど何か大事な言葉を言われた気がしたけど。

「聞こえたでしょ？　アサリア嬢、僕と婚約しないかい？」

「い、いや、聞こえましたが、意味がわからないです」

この人は何を言っているのかしら？

さっき、私がルイス皇太子と婚約していることを話していたばかりだけど。

「私は皇族であるルイス皇太子の婚約者です。そんな私に婚約を求めるのは、さすがに非常識が過ぎると思いますが」

「だけど、どうせ婚約破棄するんでしょ？」

「……ですからそれは何もお答えすることは出来ませんが」

「もういいでしょ、聡《さと》い人ならみんなわかってると思うから」

まあ、そういう雰囲気を隠しているわけじゃない。

ルイス皇太子との婚約を破棄しても、「だろうな」と思う貴族の方々がほとんどだろう。

「さて、何のことだかわかりません」

「ふふっ、頑固だね。まあアサリア嬢の立場的には、明言することは避けないといけないのかな。僕は誰にも言うつもりはないのに」

「申し訳ありませんが、アレクシス様とそこまでの信頼関係を築けているとは思えませんので」

「そっか、それなら今後築いていきたいな。僕は君と、婚約したいから」

もう一度、確認をするようにそう言ったアレクシス様。

ここまで「婚約者がいる」と牽制《けんせい》しても、関係なく突っ込んでくるとは。

「なぜですか？　アレクシス様に婚約を申し込まれるようなことは、何もしていないはずですが」

「そうかな？　命を助けてもらった、というのは十分な理由にならない？」

「それならあなたや私は、帝国の平民や貴族全員に婚約を申し込まれることになりますが」

「あはは、そういうことじゃないから。全く知らないところで守られているのと、目の前で助けられるのでは全然違うよ」

四大公爵家の私達は、ずっと帝国の人々のために砦を守り続けている。

確かにそういうことではないと思っていたけど、本当に命を助けられたというそれだけの理由で？

「東の砦に助けに行ったのは四大公爵家の者として、当然のことをしただけです。婚約を申し込まれるようなことではありません」

「当然のことで皇室が君に最大の勲章を与えたりはしないと思うけどね。それに、僕にとってはとても心を動かされることだった」

笑みを浮かべているアレクシス様だが、今までになく真面目な雰囲気だ。

「最初、アサリア嬢に会いに行ったのは興味だけだった。皇太子相手に面白いことをしたという公爵令嬢が、どんな人かを見たいというだけ」

珍しくアレクシス様がお茶会に来た時、確かにそう言っていた。

「だけど今回、東の砦を……いや、父上の命を助けてもらい、モーデネス公爵家の矜持《きょうじ》も守ろうとしてくれたことが、本当に素晴らしくて心底惚《ほ》れたところだ」

「……えっ？　ほ、惚れた？」

「ん？　ああ、そうか、婚約を申し込む理由なんて貴族同士なら色々とあるから、僕の気持ちをまず言わないとだったね」

アレクシス様は少し恥ずかしそうに、だけど綺麗な笑みを浮かべた。

「アサリア嬢、君のことが好きだ。君の美しい容姿、気品溢《あふ》れる立ち振る舞い、綺麗な心、その全てを好きになった」

「っ……！」

「婚約を申し込む理由なんてそれだけで十分だし、それ以外はいらないよ」

アレクシス様に真っ直ぐに見つめられながらそう言われて、思わずドキッとしてしまう。

まさかアレクシス様にそんなに想われているなんて、全く想像していなかった。

だけど私はまだ彼のことをほとんど知らないし、婚約破棄することは確定だとしても、まだルイス皇太子という婚約者がいる立場だ。

これに返事をすることは気持ち的にも立場的にも、難しいわね。

「アレクシス様、お気持ちは嬉しく思いますが、私は婚約者がいる立場です。おわかりと思いますが、お答えすることは出来ません」

「……そうだね。今はまだ答えられないだろうね」

仕方ない、というように笑うアレクシス様。

私が答えられないというのはわかっていたようだ。

それならなぜ、今こんなことを言ってきたのだろうか。

「アサリア嬢、今は答えなくてもいいけど……いつかは答えてくれるだろう？」

ルイス皇太子との婚約を破棄した後のことを言っているのだろう。

「だから僕はそれまで待つよ。初めて人を好きになったし、諦めることは性に合わない」

アレクシス様が跪いて、私の手を取った。

いきなりのことで反応が出来なかったが、アレクシス様がそのまま私の手の甲に唇を落とす
——。

「——何を、していらっしゃるのですか」

寸前、そんな言葉と共に私の身体が後ろに引かれた。

声ですぐにわかったが、見上げるとラウロの横顔があった。

私を庇《かば》うように後ろに優しく引っ張ってから、アレクシス様との間に入ってきたようだ。

「君は、アサリア嬢の専属騎士のラウロ殿だね。君にもとても感謝している、助けに来てくれたからね」

「……」

「だけど、今は少し席を外してくれないか。アサリア嬢と大事な話をしているから」

「無理です。俺はアサリア様の専属騎士なので」

ラウロは来て早々、なぜかアレクシス様と睨《にら》み合っている。

というか、いつここに来たの？　全く気配がなかったけど。

「そうか……それにしてもよくここがわかったね、ラウロ殿。会場は広いし、なぜ中庭にアサリア

嬢がいると？」

「化粧直しに行ったアサリア様が帰ってこなかったので、アサリア様の魔力の気配を探りました。アサリア様の魔力は強くてわかりやすいので」

えっ、会場からここまで何十メートルも離れているのに、私の魔力の気配を探れたの？

私やイヴァンお兄様でもそんなに距離が離れてたら無理だと思うんだけど……すごいわね、さすがラウロ。

「そうか、とても素晴らしい騎士だね。君みたいな強い騎士を雇いたいものだ」

「申し訳ありませんが、俺はアサリア様の専属騎士ですのでその要求をお受けすることは一生ありません」

「あはは、冗談だよ。ラウロ殿はお堅い子だね」

……なんで本当に睨み合っているのかしら、この二人は。

言葉を交わすのはほとんど初めてじゃないの？

「アサリア様、会場に戻りましょう。ご令嬢達がお待ちです」

「え、ええ、そうね。アレクシス様、お話ありがとうございました」

私がアレクシス様に一礼し、ラウロもそれに倣って頭をとても浅く下げた。

「ああ、アサリア嬢。また今度話そう。今日の話も、心の内にでも秘めておいてくれ」

「……ええ、わかりました」

アレクシス様は爽やかに笑い、一瞬ラウロとまた睨み合ってから去っていった。

祝賀会が終わり、私とラウロは二人で馬車に乗って帰路についていた。

全体的にとても楽しかったけれど、最後のアレクシス様とのお話が印象的だった。

まさか婚約を申し込まれるなんて、思っていなかったから。

だけどあれは正式な婚約の申し込みではない。

誰もいない中庭で、しかも私に婚約者がまだいるという状態。

大きな問題にしないためにも、今回の話は私とアレクシス様の二人の秘密……と、あちらは思っているだろう。

「アレクシス様に、婚約を申し込まれたのですか？」

「そう、本当にいきなりね」

私は普通に専属騎士のラウロには話した。

最後に「心の内にでも秘めておいてくれ」と言われたけど、喋るなとは言われてないしね。

それにラウロは私から聞いた情報を他の人に話したりしないだろう。

だから愚痴を言うには、ラウロはうってつけだ。

「アサリア様は皇太子という婚約者がいるのに、他の人に婚約を申し込まれることがあるのですか？」

「あるわけないじゃない。しかも私の婚約者はこの帝国の皇太子よ？　普通だったら貴族の男性は私と喋るのすら臆するのに」

「喋るのすら臆する……俺はどうなんでしょう？」

「あなたは私の専属騎士だからいいのよ」

「……そうですか」

なんだかよくわからない質問だったけど、変なところを気にするわね。

皇太子の方が立場的に上だけど、四大公爵家の嫡男のアレクシス様だったらそこまで怖がる必要もないのだろう。

私だってルイス皇太子を怖がることは全くないし。

だけど婚約者がいるのに婚約を申し込むのは、ルイス皇太子が婚約者だということとは関係なしに、なかなか無礼なことだ。

何を狙っているのか。私のことを好きになったと言っていたけど、あれが本当なのかどうかもわからないし。

まあ……雰囲気的に、少し本当っぽいとは思ったけど。

それでも公爵家同士なので、少し疑ってかかるのが当たり前。

あの言葉を全部鵜呑《うの》みにするのは馬鹿がすることだ。

「はぁ、あまりこういうので探るのは好まないけど、裏取りはするべきかしら」

「……アサリア様は」

「ん？　何？」

「アサリア様は、アレクシス様と婚約してもいいと思っているのでしょうか？」

「いや、だから私はルイス皇太子と婚約をしてて……」

「ルイス皇太子との婚約を破棄した後です」

ああ、そういう話ね。

ラウロには私がいずれ、ルイス皇太子との婚約を破棄することは伝えている。

アレクシス様と婚約をしても大丈夫になった時、どうするか。

うーん、アレクシス様は別に悪い方ではないと思っているけど。

回帰する前は飄々としてどこか摑《つか》み所がない人だと感じていたけど、戦場で彼を見たら責任感があり真面目なところがあると知った。

それでもまだ全然彼のことを知らないし、婚約したい、結婚したいとは思えない。

次に婚約するとしたら、その相手は本当に好きな相手がいい。

ルイス皇太子をは一度も好きになったことないし、お父様が私のためを思って結んでくれた婚約とはいえ。

だから次の相手は私の自由に選んでいいと思うし、私が好きになった人を選ぶつもりだ。

「アレクシス様のことはよくわからないから、まだ婚約したいとは思えないわね」

「まだ……そうですか」

なぜかラウロが落ち込んでいるような雰囲気だけど、どうかしたのかしら？

私の話の中でラウロが落ち込むようなことはなかったと思うけれど。

ラウロは表情は変わらないけど、雰囲気でどういう感情を抱いているのかは、なんとなくわかってきたわね。

弟妹《ていまい》のレオとレナは「兄ちゃんは意外と感情がわかりやすいよ！」と言っていたけど、私もラウロと仲良くなってきたということかしら。

ああ、二人のことを思い出したら、会いたくなってきたわね。

「ラウロ、このままあなたの家に向かっていいかしら？　レオとレナに会いたいから」

「はい、あの二人もアサリア様にお会い出来るのは嬉しいと思います」

「ふふっ、それなら私も嬉しいわ」

そのまま馬車で移動し、ラウロの家に着いた。

いつも通りラウロが先に降りて、彼の手を取って馬車から降りる。

久しぶりに彼の家に来た気がする。

そういえば、ラウロは騎士爵位を授与されたから、レオとレナも貴族の仲間入りね。

だけどまだ家名を決めていなかったはず。

「ラウロ、あなたは騎士爵位をいただいていたけど、家名はどうするの？　皇室から家名を授かることを断っていたけど、何か候補はあるの？」

「いえ、全く」

「えっ、そうなの？」

「アサリア様に、決めていただきたくて」

「私が？　ラウロの家名を？」

「はい、ダメでしょうか？」

「別にダメじゃないけど……本当に私が決めてもいいの？」

「はい、最初からそのつもりでした」

まさか皇室から家名を授かるのを拒否した理由が、私に決めてもらいたいからだったなんて。

嬉しいけど、プレッシャーがすごいわね。

あまりネーミングセンスとかはないんだけど……そうね。

「アパジル、ってのはどうかしら？」

「アパジル、ですか？」

「ええ、アパルって言葉がどこかの国で『護る』っていう意味があるの。私の専属騎士で、レオとレナをずっと護ってきたあなたにピッタリじゃない？」

「護る……ジルというのはどこから？」

「……その、私の名前からだけど」

私の名はアサリア・ジル・スペンサー。

そこから取ったのだけど、少し気恥ずかしいわね。

「アサリア様のお名前から取って、アパジル……」

ラウロがそう呟《つぶや》いて、無表情のまましばらく固まった。

えっ、なに、ダメだった？

ぽかーんとした顔をしているので、どんな感情かよくわからない。

レオとレナならこの表情でも感情がわかるのかしら？

「嫌なら他に考えてもいいけど……」

「いえ……その、とてもいい名前だと思います、アサリア様」

「本当？　遠慮はしなくていいわよ？」

「はい、本当に素晴らしい名前です。ありがとうございます、アサリア様」

ラウロはそう言って笑ってくれた。

よかった、本当に喜んでくれているようね。

ラウロの滅多に見られない笑みを見て、私も嬉しくなる。

「ラウロ・アパジル。今後も私の専属騎士として、よろしくね」

「はい、アサリア・ジル・スペンサー様。今後ともよろしくお願いいたします」

私とラウロはそう笑い合ってから、ラウロの家の中に入っていった。

レオとレナはとても可愛らしい笑顔で出迎えてくれた。

はぁ、とても癒されるわね。

そう思っていたら、レオとレナがラウロのことを見て不思議そうにする。

「あれ、兄ちゃん、なんかすごく嬉しそうだね」

「ほんと！　にぃに、すっごい幸せそう！」

えっ、そんなに？

レオとレナが言うからには本当なんだろうけど。

「そうか？」

「うん、兄ちゃん、何かいいことあったの？」

「あったの？」

「……ああ、すごくいいことがあったぞ」

ラウロは優しい笑みを浮かべて、レオとレナの頭を撫《な》でた。

私にはラウロの感情は見抜けなかったけど、ラウロ達が幸せそうならよかったわ。

その後、レオとレナと一緒に軽くお茶をして、みんなで一緒にお菓子を食べた。


そのままラウロの家でレオとレナと少し遊んでいた。

いつも通り私が炎の魔法で犬の形を作って、それと二人が追いかけっこをする。

一時間もやっていると、レオとレナは疲れたようで、庭に座りこんでそのまま眠ってしまった。

寝顔がすごく可愛くて、しばらく眺めてしまったわね。

ラウロが二人を同時に抱えて、屋敷の部屋に連れていった。

そろそろ遅くなったので馬車で帰ることにした。

朝から叙勲式の準備だったり、祝賀会で挨拶回りなどもしていたから疲れたわ。

「今日はありがとうございました、アサリア様」

「いえ、あなたこそ今日はお疲れ様」

騎士の訓練などに比べれば、今日の叙勲式や祝賀会はとても楽だっただろうけど。

それでも慣れないことだったのには変わりない。

「明日からいつも通り、私の専属騎士としてよろしくね」

「はい、もちろんです。ラウロ・アパジル、全身全霊でアサリア様をお護りいたします」

ラウロは跪いて、私の手を取って甲に唇を落とした。

……そういえばアレクシス様にはギリギリでされなかったわね。

まあラウロが庇ってくれたお陰だけど。

もしかして、嫉妬とか？

いや、ラウロに限ってそれはないわね。

「ええ、また明日」

「はい、また」

少し柔らかい笑みを浮かべたラウロを見てから、私は馬車に乗った。

明日からもラウロやイヴァンお兄様、お父様達と一緒に過ごす日々が送れる。

回帰する前はこうして楽しく日々を過ごすことは出来なかったから、本当に嬉しい。

それもこれも全部、ルイス皇太子や聖女オリーネのせいだった。

今はこうして、あの二人に仕返しをしながら、楽しい日々が送れている。

だけどまだ、これからだ。

オリーネはこれから、聖女としての仕事が本格的に始まる。

ルイス皇太子は……これからどうなるのかしら？

あの人は皇太子であることをひけらかす、という振る舞いをしていたかも。

とりあえず――あの二人に対しての復讐《ふくしゅう》は、まだまだ終わらない。

私は悪女にでもなって、あの二人の落ちぶれる様を見て嗤《わら》ってやるわ。

書き下ろし短編　夢で起こった復讐《ふくしゅう》？

アサリア・ジル・スペンサーの処刑が終わった後。

ルイス皇太子と聖女オリーネは、二人で高級レストランで食事をしていた。

「オリーネ、あいつにやられた怪我は大丈夫か？」

「はい、ルイス皇太子。治癒魔法で傷痕も残らずに治しました」

「そうか、それならよかった。君の綺麗《きれい》な身体に傷痕が残ったのなら、あいつを拷問してから殺すべきだったと後悔するところだった」

「まあ、ルイス皇太子ったら」

つい数時間前、人が処刑された瞬間を見たというのに、二人はとても穏やかに会話をしていた。

むしろ二人は晴れやかな気持ちで食事をしているようだった。

「皇太子、ありがとうございます。私の我儘《わがまま》を聞いてくださって」

「我儘などではない。オリーネはあいつ、アサリアに殺されかけたのだ。あのまま生かしていたら聖女である君が殺されてしまう可能性があった。あんな奴、処刑されて当然なのだ」

「そう言ってくださると嬉《うれ》しいです」

「公爵家の令嬢といっても、あいつ一人が死んだくらいでどうにも出来ん。何も心配することはないだろう」

「はい、ありがとうございます」

ルイス皇太子は、騙《だま》されていた。

オリーネが傷を負ったのは、確かにアサリアの魔法が原因だった。

しかしこの傷を負ったのは、オリーネがわざとアサリアの魔法の前に飛び出したからだ。

(思ったよりも痛かったけど、その痛みに耐えた甲斐《かい》はあったわ)

オリーネはほとんど怪我をしたことがなかったので、足に受けた軽い傷ですら今までに受けた傷の中で一番の痛みだった。

だがこれくらいで済んだのはアサリアが魔法を逸らしたからだ。

逸らしていなかったら、その程度の痛さ、怪我では済まなかっただろう。

自分がアサリアに助けられたことにすら気づかず、オリーネはアサリアを嵌《は》めて殺した。

(ふふっ、ようやく邪魔者が消えたわ。今日はとてもよく眠れそうね)


スペンサー公爵家、屋敷。

執務室で、当主のリエロが一人で静かに待っていた。

そこにノックの音が響き、スペンサー公爵家の嫡男、イヴァンが入ってきた。

「ただいま帰りました、父上」

「……イヴァン。おかえり」

ずっと南の砦《とりで》で戦い続けていたイヴァンは、屋敷に戻された理由を知らない。

ただ執務室に入った瞬間の、リエロの異様な雰囲気に、只事《ただごと》ではないということは理解した。

「お呼びでしょうか、父上」

「ああ、とても大事な話だ……私は、当主を降りることにする」

「っ⁉　どういう、ことでしょうか」

突然の通告に、いつも冷静なイヴァンも動揺で声を震わせた。

執務室の机の前に座っているリエロは、虚ろな目で続ける。

「私は無力だということがわかったからだ。本当にお前と……アサリアには申し訳ない」

「まだ現役で戦える父上は無力などではありません。俺もアサリアも父上を尊敬しております」

「アサリアは……どうだろうな」

「アサリアに聞いてみればわかると思います」

「……もう、一生聞くことは出来ない」

「？　どういうことでしょうか？」

「アサリアは――処刑された」

「……はっ？」

イヴァンは、砦で戦い続けていたから、知らなかった。

リエロが余計な心配をかけさせたくないと思い、知らせなかったのだ。

「どういう、ことですか？」

リエロは、アサリアが処刑になった経緯を全て話した。

帝都でアサリアが処刑された時、イヴァンは何も知らずに魔獣を殺し続けていた。

「なぜ俺に、教えてくれなかったんですか⁉」

イヴァンは思わず声を荒らげた。

リエロはイヴァンの様子に驚きながらも、質問に答える。

「アサリアの処刑を回避するために、私一人でいろいろと動いた。四大公爵家の恥、面汚し、名誉を捨てていると言われても。私以外がそれを言われないために、イヴァンには関わらないでいて欲しかったのだ」

「っ……それなのに、アサリアは処刑されたのですか」

「……ああ」

イヴァンは信じられなかった。

つい先日まで、砦で一緒に戦っていた妹のアサリア。

イヴァンは恥ずかしくて誰にも言っていないが、妹のアサリアを愛していた。

今日も屋敷に戻ってこいと言われて、アサリアに会えるかもしれないと心の中では喜んでいた。

それなのに、死んだ？　もう一生会えない？

「もう私はスペンサー公爵家の当主としてはやっていけないだろう。だからイヴァン、お前にスペンサー公爵家を任せる」

「……父上、俺に時間をください」

「時間？　なんだ？」

リエロは問いかけと共に、イヴァンの目を見た。

その目の中には、炎が灯っていた。

「――復讐の、時間を」


夜、人々が寝静まった深い闇の中。

オリーネは、帝都にあるとても広い屋敷で寝ていた。

聖女で皇太子妃であるオリーネは、帝都でも有数の豪華な屋敷を持っていた。

それこそ、公爵家にも優るような屋敷だ。

その一室で静かに眠っていたオリーネだが、何か異変を感じて目が覚めた。

（なんだか、暑いわね……）

とても豪華な屋敷で、寝る時も空調は完璧で暑さや寒さなど感じることはないはずなのに。

（暑い……いや、熱い？）

さらに異変を感じて、オリーネは上体を起こして寝ぼけ眼《まなこ》を擦る。

すると目の前には、炎が広がっていた。

「なっ⁉　い、一体何が……⁉」

寝室を覆う真っ赤な炎、それのせいで温度が上がっている。

寝室の入り口を見たが、もうすでにそこは炎に覆われていて逃げられる状況じゃない。

（火事⁉　だけどなんで炎が、私の部屋を覆って……まるで、私の逃げ道を塞ぐように……！）

そこまで考えて、この炎が魔力を帯びているのを見破った。

「まさかこれ、魔法で……！」

オリーネが起きる前に一瞬にしてこの屋敷、部屋を炎で包めるほどの炎の魔法の実力者。

心当たりは一つしかない。

「スペンサー、公爵家……！」

ギリっと歯を嚙《か》み締めるオリーネ。

ここから脱出しないといけない。

しかしこの炎の中、脱出しようとしても無事では済まない。

ましてやスペンサー公爵家の炎、脱出しようとしても死ぬ可能性が高い。

（どうすれば……！）

そこまで考えて、オリーネは自分に優秀で最強の聖騎士がいることを思い出す。

「そうだ、ラウロは……ラウロはどこなの⁉」

今が何時くらいなのかわからないが、これほど屋敷が燃えているのだ。

絶対に騒ぎになっているし、屋敷に常駐していないが、聖騎士のラウロの耳にも届いているはずｰ。


「ラウロ、早く助けにきなさい……！」

聖騎士ラウロだったらスペンサー公爵家の炎の中からでも、無傷で助けてくれるに違いない。

その可能性に賭けて、オリーネは炎の中でギリギリまで待った――。


オリーネの屋敷の外は、もちろん騒ぎになっていた。

これだけ大きな炎、他の家に燃え移らないかヒヤヒヤして野次馬達は見ているが、幸いにも全く燃え移っていない。

まるで炎が意志を持っているかのように、ただオリーネの屋敷だけを燃やし続けている。

屋敷で働いている使用人達も全員が外に逃げていて、怪我一つない。

しかし聖女オリーネが出て来ていないということはわかっていた。

だがこの炎の中、誰も助けには行けなかった。

助けに行ったらオリーネ諸共、死ぬことがわかっていたから。

「……」

ただ一人、聖騎士ラウロを除いて。

ラウロなら多少の傷を負うかもしれないが、オリーネを無傷で助け出すことも可能だろう。

しかしラウロはただ屋敷の炎を、外で見ていた。

「行かないのか？」

「っ……あなたは、スペンサー公爵家の」

ラウロに話しかけたのは、イヴァンだった。

イヴァンは公爵家の者が着るような豪華な服ではなく、闇夜に紛れるに相応しいマントを着ていた。

「お前なら助けられると思ったから、見張っていたのだがな」

「……勤務時間外ですので」

ラウロは冷たくそう言い放った。

「案外、聖騎士は聖女に忠誠を誓っているわけではないみたいだな」

ラウロとイヴァンは隣に並び、炎を見上げながら話す。

「もともと俺は、オリーネ様に金で雇われた兵士。聖騎士が名誉ある称号と言われましても、興味ないです」

「そうか」

「それに……あの方は、聖女に相応しくない」

ラウロは、知っていた。

オリーネがアサリアのことが嫌いで、殺したいと思っていたことを。

そしてあの日、アサリアを殺すためにオリーネがわざと魔法の前に出た。

その時に、ラウロはオリーネから命令されていた。

『今回は、私を守らなくていいわ』

ラウロがいたら、絶対にオリーネを無傷で守れた。

それなのにオリーネが怪我をしたということは、そういうことなのだ。

ラウロはその指示を聞いて、アサリアのことを無理やり処刑まで追いやった時点で……オリーネを見限った。

仕事としては守るが、それ以外は何もしない、干渉しないと。

「……イヴァン様、申し訳ございませんでした」

「いい、何も言うな。お前が命令されたことは予想がつく」

イヴァンもラウロがあの時に指示されたことを理解していた。

「お前も妹が死んだ一因なのは確かだ。だからこれ以上、俺を刺激するな」

「……はい」

イヴァンとラウロはその言葉を最後に、炎が燃え盛る屋敷を後にした。

その後、オリーネは助かった。

しかし最終的には自力で脱出するしかなく、酷い火傷を全身に負った。

聖女の治癒魔法で命は取り留めたが、後遺症や火傷の痕が酷く残った。

ルイス皇太子はオリーネの容姿を好いていただけで……その美貌を失ったオリーネには、興味を失ってしまった。

オリーネは皇太子妃ではなくなり、ただの聖女となった。

聖女としても仕事が出来るような状況ではなくなり、一生を病院や自宅で過ごした。

『スペンサー公爵家よ……私を、こうしたのは……！』

オリーネは何度も何度もそう言い続けたが、証拠は不十分。

スペンサー公爵家に罰が与えられることはなかった。

◇　◇　◇

「んぅ……」

私は目を開けて、重い瞼《まぶた》を擦りながら身体を起こす。

ここは寝室、豪華なベッドの上で寝ぼけながらもさっきまで見ていた……おそらく夢を思い返す。

今の夢は、回帰する前、私が死んだ後の話かしら？

随分、私の欲が出た夢になっていた気がするわね。

とりあえず起きたから、メイドを呼ぼうかしら。

ベッドの側にあった鈴を鳴らして、私はメイドを呼んで身支度をした。

身支度をしてから食堂へ向かい、朝食を食べる。

今日はイヴァンお兄様が屋敷にいて、一緒に朝食を食べていた。

「……」

「……」

無言で食べているのだが、私は夢のこともあってお兄様をチラチラと見てしまう。

夢ではお兄様がオリーネに私の仇《かたき》討《う》ちをしてくれていたわね。

それはとても嬉しいけど、お兄様がそんなことをするかしら？

夢の中のお兄様は、私のことを愛してくれていたようだった。

「アサリア、さっきから俺のことを見ているが、なんだ？」

「っ、すいません、お兄様。なんでもありません」

「……そうか、それならいいが」

お兄様に嫌われているとは思わないけど、復讐をしてくれるほど好かれているとは思えないわね。

やっぱりあの夢は私の妄想ね、夢なんだから当たり前だけど。

私とお兄様は朝食を食べ終わり、食堂を一緒に出ようとした。

「アサリア」

「はい、なんでしょう」

「いつも夕食は何時から食べるのだ？」

「えっ？」

いきなりの言葉に私はすぐには答えられなかった。

「あ、えっと、午後の七時から食べることが多いです」

「そうか、わかった。では、また」

お兄様はそう言って食堂を出て行った。

屋敷に家族が集まってもそれぞれ忙しくて一緒に食事をする機会は少ない。

お兄様はそれを気にして、一緒に食べるために時間を聞いてくれたのかしら？

……私が思っているよりも、お兄様は家族を愛してくれているのかもしれない。


その後、私が部屋に戻ると、専属騎士のラウロが来ていた。

「アサリア様。本日もよろしくお願いします」

「ええ、よろしく」

そういえば、ラウロも夢の中に出てきたわね。

私の専属騎士ではなく、オリーネの聖騎士として。

だけど夢の中のラウロは薄情者だったのか、オリーネを助けなかった。

私が知っているラウロだったら助けると思うんだけど……。

「ラウロ、変な質問してもいい？」

「なんでしょうか」

「深夜、ラウロの勤務時間外に、私が燃え盛る家の中に取り残されていたら、助けに来てくれる？」

「……アサリア様だったら一人で脱出してしまうのでは？」

「……確かに」

どれだけ炎が燃え盛っていても、炎だったら脱出が出来るわね。

「それなら水の中とか、土の中とか」

「よくわからない状況ですね」

「と、とにかく！　勤務時間外でも、私が危険な目に遭っていたら助けに来てくれるかってことよ」

「俺はアサリア様に忠誠を誓っております。俺の命が尽きようとも、必ず助けます」

私の問いかけに、ラウロは表情も変えず真摯に答えた。

「勤務時間外でも？」

「もちろんです。なぜそこを気にしてらっしゃるのですか?」

「……なんとなくよ」

そうよね、ラウロならそう言うと思ったわ。

あの夢の中のラウロは、本物のラウロじゃないわね。夢だから当たり前だけど。

「ありがとう、ラウロ。じゃあ私が危なくなったらよろしくね」

「はい、かしこまりました」


夢の中でもオリーネはなかなか酷い目に遭っていたようだけど、あれは所詮、私の夢。

しかも私が直接手を下したわけじゃなく、お兄様がやってくれていた。

それに夢の中ではルイス皇太子は、あまり痛い目に遭っていなかったみたいだった。

だけど今は、オリーネに、ルイス皇太子に、全力で復讐が出来る。

これほど嬉しいことはない。

あの二人が絶望する顔を見るのが、今から楽しみだわ。

脇役公爵令嬢、あとがき

読者の皆様、初めまして！　作者のshiryuです！

この度は本作を手に取っていただき、ありがとうございます！

本作は自分の中で初めてのジャンルへの挑戦でしたので、読者の方に楽しんでいただけたら幸いです。


皆様は本作を読んで、どのキャラが一番好きですか？

推しを見つけていただけたら嬉しいですが、自分は断トツでアサリアです。

個人的に、カッコいい女性キャラって好きなんですよね。カッコいいから！（笑）

今までも強くてカッコいい女性キャラを描《えが》いたことはありますが、アサリアはそれに加えて気高くて美しい感じが好きです。

自分で生みだしたキャラをここまで好きって言うとなんだか変かもしれませんが、やはり自分で書くからこそ好きなキャラを登場させたいですよね！

イラストレーターの姐川《そがわ》さんにキャラを描いてもらって、さらに好きになりました！

姐川さん、素晴らしいキャラデザとイラストをありがとうございます！

個人的にはラウロもかなり好きで、マジイケメンですよね……！　ラウロが頭を撫でられて照れている顔とか、本当に可愛らしい（笑）
本作はコミカライズも決まっておりますので、アサリアやラウロ達が漫画で活躍する姿を早く見たいですね！　自分が一番楽しみにしております！

本作はまだ終わっていません。ルイス皇太子やオリーネにまだ仕返しを終えてないですし、この後も新キャラなども登場します。

すでに考えているのは、四大公爵の一つの名を冠するキャラを二人ほど……さらにはその二人は姉弟《きょうだい》です。

とても個性的で面白いキャラとなっているので、続きが気になる方は今後も応援のほどよろしくお願いします！

読者の皆様と二巻で、またこうして再会できることを楽しみにしております！

以上、ここまでのお相手は shiryu でお送りいたしました！

Kラノベブックスf

脇役《わきやく》の公爵令嬢《こうしゃくれいじょう》は回帰《かいき》し、本物《ほんもの》の悪女《あくじょ》となり嗤《わら》い歩《あゆ》む

shiryu《しりゅう》

2023年5月31日第1刷発行

発行者	森田浩章
発行所	株式会社 講談社 〒112-8001　東京都文京区音羽2-12-21
電　話	出版　(03)5395-3715 販売　(03)5395-3608 業務　(03)5395-3603
デザイン	AFTERGLOW
本文データ制作	講談社デジタル製作
印刷所	株式会社KPSプロダクツ
製本所	株式会社フォーネット社

KODANSHA

ISBN978-4-06-532068-6　N.D.C.913　285p　19cm
定価はカバーに表示してあります

ファンレター、
作品のご感想を
お待ちしています。

あて先
〒112-8001　東京都文京区音羽2-12-21
(株) 講談社　ラノベ文庫編集部 気付
「shiryu先生」係
「姐川先生」係

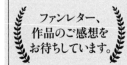

Kラノベブックスf

役立たず聖女と呪われた聖騎士
《思い出づくりで告白したら求婚&溺愛されました》

著:柊 一葉　イラスト:ぽぽるちゃ

アナベルは聖女である。人々を癒やすための「神聖力」が減少してしまった
「役立たず」だったが。力を失ったアナベルは、教会のため、そして自らの
借金のため金持ちの成り上がり貴族と結婚させられることに。
せめて思い出を、とアナベルは花祭りで偶然出会った聖騎士に告白する。
思い出を胸にしたくもない結婚を受け入れたはずが——
その聖騎士——リュカがやってきて
「アナベル嬢。どうか私と結婚してください」
「………………は?」
神聖力を失った聖女は、愛の力で聖騎士の呪いを解けるのか!?

Kラノベブックスf

ヴィクトリア・ウィナー・オーストウェン王妃は世界で一番偉そうである

著:海月崎まつり　イラスト:新城 一

ヴィクトリア・ウィナー・グローリア公爵令嬢。フレデリック・オーストウェン王子の婚約者である彼女はある日婚約破棄を申し渡される。

「フレッド。……そなたはさっき、我に婚約破棄を申し出たな？」

「ひゃ、ひゃい……」

「では我から言おう。――もう一度、婚約をしよう。我と結婚しろ」

「はいぃ……」

かくしてグローリア公爵令嬢からオーストウェン王妃となったヴィクトリアはその輝かんばかりの魅力で人々を魅了し続ける――！